1

TIZIANO CASOLE
GREGORY DUGGENTO

UOMINI SI NASCE
CAMPIONI SI DIVENTA

vento fra le rotelle

Biografia di Gregory Duggento

A mio padre...Pino

persona unica capace di trasmettermi quei sani valori che mi hanno permesso di affrontare le avversità della vita...

Ai miei figli...Gabriele e Giorgia

che ogni giorno mi danno la forza per pensare sempre al futuro in maniera positiva...

A mia moglie...Marianna

persona straordinaria che custodisce, condivide e alimenta ogni giorno sogni e obiettivi...

"Mi piace il modo in cui scrive, arriva dritto all'anima ...ed è quello che voglio. "E' così che ho visto riaccendersi nei suoi occhi, quella luce speciale che ben conoscevo. Era chiaro ciò che stava accadendo: forse per una fortunata coincidenza, oppure per uno strano gioco del destino, ma ciò che è certo, è che davanti a Gregory si era materializzato non solo il grande amico di vecchia data, ma anche lo scrittore ideale al quale avrebbe finalmente potuto affidare l'arduo compito di raccogliere e trasformare in parole, quel fiume in piena fatto di ricordi, di ardore, di impegno e di passione, che da tempo aspettava solo di trovare il terreno fertile in cui poter straripare....*

Il racconto di una vita speciale che travolge.... Che mi ha travolta.

Marianna Campo

I
ORIGINI

La guerra era terminata ormai da tre anni e l'Italia aveva avviato la propria rinascita a pieno ritmo.

Il secondo conflitto mondiale più grande di sempre, aveva lasciato strascichi economico-sociali nelle aree più povere del paese, le stesse ricche di umiltà e storia, sopravvissute a diverse battaglie fin dalla notte dei tempi.

Quando nel 1943 gli aviatori americani giunsero in quell'angolo di mondo esclamarono:

"Questa è l'Africa senza arabi"

La storia pulsava ad ogni angolo, ogni pietra che si andava a calpestare riusciva a raccontare molto di ciò che era accaduto nei secoli scorsi in quel piccolo fazzoletto di mondo, dove le civiltà più potenti della storia si erano insediate ancor prima della nascita di Cristo.

In egual distanza da Lecce, Brindisi e Taranto i suoi cittadini crearono il detto "Il Salento ha un cuore che pulsa e questo cuore si trova nella città di Manduria".

"Avanti Oria", questo significa Manduria, nell'antichità risultava essere infatti avamposto militare della città messapica Oria.

Cominciò l'estate del 1948 e le alte temperature accompagnavano le bacche d'uva verso la completa maturazione. Pioveva di rado e gli arsi terreni donavano al plotone di piccoli alberi di vite, l'ultimo nutrimento utile per la riuscita di una buona vendemmia.

Da lì a poco, la città sarebbe stata invasa dall'inebriante odor di mosto. Distese di bassi vigneti circondavano il centro storico e la maggior parte dei suoi abitanti aveva la schiena china e le mani sporche di terra.

Anche in quell'anno lo stesso sudore di sempre andava a bagnare i perfetti filari, con lo scopo di ottenere un vino di una struttura forte e corposa.

Questo nettare avrebbe abbandonato le terre del Salento per correggere molti dei vini meno pregiati del nord Europa.

In quella calda estate una famiglia in particolare, residente in Via Bizzarri, non aveva da pensare solo alle terre, perché era in arrivo il primogenito.

Nella semplicità di quegli anni, mentre le ore scorrevano intrise di sacrifici, Concetta Stranieri, moglie di Cosimo Duggento, detto Nino, il giorno 8 di luglio del 1948, diede alla luce il piccolo Giuseppe, da subito chiamato col diminutivo affettuoso di "Pino".

La fine della guerra, in quegli anni, dava a tutti un barlume di speranza e così, tra una vendemmia e un'altra, nel 1950, Nino e "Margherita", questo il nome che Nino dava a sua moglie e nessuno capì mai il perché, diedero alla vita il secondogenito. La divina provvidenza questa volta portò una bella femminuccia, Graziella, questo il nome prescelto. Fu così che il piccolo Giuseppe, all'età di due anni, si trovò a condividere la propria esistenza con mamma, papà e la sua nuova sorellina.

Nonostante il clima più rilassato rispetto agli anni del conflitto mondiale, la vita nei campi risultava essere pur sempre una serie infinita di battaglie tra fatica e speranza.
Nella famiglia Duggento i due fratelli crescevano sani e con i valori di quei tempi, valori che spesso andavano a sopperire mancanze quasi di importanza vitale.
Spesso accadeva, data proprio la situazione economica non sempre stabile, che i nonni paterni dei due bambini, la sera si coricassero senza cena, non era infatti del tutto scontato che si avesse da mangiare sia a pranzo sia a cena e così si sceglieva di

anticipare il momento del riposo, il sonno dettato dalla stanchezza, avrebbe sicuramente placato i crampi della fame.

Passarono gli anni e i due fratelli trovavano sempre più la loro indipendenza, all'epoca si cresceva molto più in fretta rispetto ai tempi odierni. Capitava che la loro madre preparasse un piatto in più a cena per i suoceri e così, Giuseppe e Graziella venivano mandati a consegnare il rancio caldo ai propri nonni.

Il fratello maggiore caricava sulla sua bicicletta il piatto coperto da una piccola pezza, nella speranza che arrivasse ancora caldo e si avviava pedalando verso la destinazione, incurante di lasciare indietro la sorella, che lentamente l'avrebbe raggiunto a piedi.

Quando erano fortunati, ai due piccoli veniva lasciata una piccola mancia per l'opera "pia" compiuta, il nonno infatti aveva come tariffa fissa la cifra di dieci lire per Giuseppe e cinque per Graziella.

Nessuno ha mai capito da cosa derivasse questa differenza di paga e, immancabilmente, una volta rientrati a casa i due fratelli erano soliti litigare davanti ai genitori proprio a causa di questa discriminazione. Graziella inveiva contro Giuseppe sottolineando il fatto che, oltre ad essere andata a piedi, avesse preso pure la metà dei soldi.

Questa scena fu ripetuta per anni, come in uno dei copioni più complicati da imparare. Le stagioni si susseguivano rapidamente e, tra una lite ed un'altra, i due bambini divennero ragazzi.

In via Bizzarri non vi era l'abitudine di festeggiare i compleanni. La condizione economica non sempre era delle più rosee, quindi, si sfruttavano i giorni buoni per torte e regali utilissimi, tra questi, stoffe di ogni tipo che sarebbero servite alla realizzazione di vestiti per i due fratelli. Graziella cominciava a imbastire tra ago e filo e, col tempo, divenne anche un'abile sarta.

Per i giovani del paese la strada risultava essere una seconda casa. Finita la scuola si scendeva tra i vicoli del centro storico e con poco o niente si giocava, socializzando in modo duro ma pulito. Le giornate erano scandite da piccoli appuntamenti ma tutti ricchi di etica e moralità.

Tra i tanti giochi che si consumavano sulle chianche che andavano a pavimentare tutto il centro storico, vi era il preferito di Giuseppe, "lu curru". Una vecchia trottola di legno con la punta di ferro veniva arrotolata ad una corda che fungeva da carica. Questa veniva lanciata contemporaneamente da tutti i bambini e solo l'ultima che si sarebbe fermata avrebbe decretato il vincitore. Le chianche non erano certo superfici adatte a tutto questo, ma la trottola di Giuseppe quasi sempre era l'ultima a terminare i suoi giri. Il pegno da subire da parte degli sconfitti era quello di ricevere botte dalla trottola vincitrice sulla loro. Giuseppe era solito infliggere dei forti colpi con la punta di ferro arrivando anche a spaccare le trottole degli amici. Non era certo un tipo che amava perdere.

In quegli anni vi era una differenza sostanziale nell'educazione dei figli in base al sesso, del resto la guerra era finita da poco e, nell'immaginario comune, risultava essere sempre il maschio la figura autoritaria e forte, mentre le femmine assolvevano i soliti compiti casalinghi. Quando invece serviva, non si badava a nulla di tutto ciò e così anche le ragazze si potevano trovare a vendemmiare sotto il sole cocente del Salento di fine estate.

Anche papà Nino era stato in guerra. Sergente Maggiore dell'Esercito ed era stato prigioniero in Australia.

Al suo ritorno in Patria il suo racconto però non fu tra i più tragici. Amante della musica lirica, intonava da sempre arie e canzoni con la sua ugola d'oro. Raccontò che la sua prigionia fu spesa a lavorare nei campi australiani, ma che gli fu concordato un trattamento speciale. Il proprietario terriero, infatti, era solito sfruttare la voce soave del prigioniero per dedicare serenate sotto la finestra della sua amata.

Nino era un uomo tutto d'un pezzo, certamente dopo la guerra ancor più. Con indosso il suo solito borsalino, portava avanti le terre di famiglia e cresceva insieme alla moglie i suoi amati figli. Giuseppe proteggeva sempre la sua piccola sorellina e, dato che anche lui cresceva in modo caparbio, si batteva spesso anche contro il padre quando le ingiustizie sessiste si presentavano in casa propria.

Graziella non concluse mai il percorso scolastico elementare, saltò infatti l'esame di quinta, proprio perché quel giorno in campagna servivano due mani in più per la vendemmia. Giuseppe si arrabbiò veramente molto con il padre, sputandogli in faccia senza mezzi termini l'assurdità di questo fatto.

Graziella riuscì nel tempo a continuare la sua formazione nell'ambito della sartoria, ma senza una licenza elementare in tasca. Così era, la scuola e la sua educazione erano messe in secondo piano.

Crescendo, il rapporto tra i due fratelli diventava sempre più stretto, Giuseppe col suo fare un po' "bullo" sapeva il fatto suo e, scorrazzando per le strade di Manduria con la sua vespa color carta da zucchero, con mezzo sedere fuori dal sellino e la sigaretta in bocca, teneva d'occhio tutti i maschi che provavano a corteggiare la sorella.

Il fato volle poi che Graziella s'innamorasse di un amico di suo fratello e questo rimase per sempre l'unico amore della sua vita.

Giuseppe, che ormai tutti in paese chiamavano "Pino" si stava conquistando il rispetto di tutti, a dare soddisfazione alla sua famiglia arrivò anche il diploma di maturità presso il liceo scientifico.

Nella sua statura media e i suoi capelli rossi, si celava ormai un uomo tutto d'un pezzo. Quando giocava a calcio nella squadra del paese, dava sfoggio alla sua potenza. Gli schemi e i moduli che si utilizzavano in quegli anni nel gioco del calcio erano ben differenti da quelli attuali, Pino era un'ala eccellente e, nonostante una miopia importante, volava lungo le fasce del campo da gioco. Instancabile correva avanti e indietro sfoderando una potenza nello scatto fuori dal comune, e passava i novanta minuti a correre e crossare.

Tra i suoi compagni di gioco più fedeli, dentro e fuori dal campo, vi era Leonardo, grand'uomo e grande amico.

Una sera, finito l'allenamento, nello spogliatoio Giuseppe salutò in fretta e furia il suo amico, doveva andare a casa della cugina a parlare del battesimo del figlio, gli era stato chiesto infatti di fare da padrino o come si usa dire al sud da "compare". Leonardo, incuriosito da questa storia, disse a Pino che anche sua sorella Giuseppa, detta Pina, avrebbe dovuto fare da madrina al battesimo nello stesso giorno. I due si fissarono ridendo e Pino, mentre caricava in spalla la borsa degli allenamenti, correndo fuori dallo spogliatoio disse:

"Ci è bona le parlo".

Era il 1966 e galeotto fu quel battesimo.

Il dopo guerra
amore e lavoro
La sua famiglia

II
FRUTTI D'AMORE

Era ormai passato poco più di un decennio dal termine del secondo conflitto mondiale e la gente aveva ritrovato la speranza di poter vivere una vita senza guerre. Il mondo stava cambiando ed iniziava lentamente l'era dello sviluppo economico e dei grandi sogni.

Ambizione, meritocrazia e caparbietà, se presenti in una persona, potevano donare davvero molto. E se a tutto questo ci si aggiungeva anche l'amore, il quadro risultava perfetto.

L'incontro con Giuseppa aveva dato il via ad una meravigliosa storia d'amore. Giuseppe si era diplomato da poco e continuava ad aiutare i genitori nei terreni di proprietà, mentre la sua mente viaggiava frenetica tra progetti futuri. Non era tipo che si accontentava, del resto non lo era mai stato. Sognava ad occhi aperti e la tenacia accompagnava ogni suo buon proposito.

Il legame tra i due si faceva ogni giorno più forte e questo si rafforzò quando Giuseppe decise di iscriversi all'università.

Gli amori a distanza erano all'ordine del giorno. All'epoca ci si prometteva amore eterno ancor prima del matrimonio e le distanze erano amplificate da ogni cosa. La comunicazione spesso era dettata da lettere e le attese nel riceverle fortificavano quei rapporti basati sulla reciproca fiducia, ma ancor più sul sogno comune di possedere, un giorno, una famiglia unita. Così Giuseppe si trasferì a Lecce. Scelse la facoltà di Matematica e tornava nella sua amata Manduria solo per i fine settimana.

Era dotato di un senso di responsabilità immensa, riusciva a gestire tutto con metodo e caparbietà. I suoi rientri nell'amata Manduria venivano organizzati, al minuto, tra campi, amore e studio in vista degli esami. Pochi ragazzi della sua età possedevano la sua stessa voglia di vivere.

Nonostante i molteplici impegni riusciva a riservare a Pina il posto d'onore. La madre di Giuseppa, Maria, non vedeva di buon occhio questo intraprendente giovane. Era proprio questa determinazione che le faceva credere che quel ragazzo, ormai uomo, non fosse quello giusto per sua figlia. "Chissà cosa combina quando è a Lecce…" -era solita ripetere.

Ma nemmeno il volere di una madre premurosa e spaventata interruppe la loro storia.

Era il 1968 e cominciava in tutto lo stivale la rivolta studentesca. Nelle grosse capitali d'Italia il movimento era molto attivo; a Lecce ci volle un po' a sollevare gli animi ma anche gli studenti salentini, il 22 gennaio dello stesso anno, avviarono un'occupazione nell'ateneo leccese. Diversi furono gli scontri con le Forze dell'ordine. Giuseppe, durante una retata all'interno della facoltà, riuscì a fuggire da una finestra, evitando quindi l'arresto. Non raccontò mai questa parentesi di vita con orgoglio, ma cosa certa fu che anche lui diede il suo grande contributo ad un periodo storico di cambiamento importante.

Nel 1969 dovette abbandonare la città di Lecce; troppi erano l'impegni richiesti nell'attività agricola dei genitori e così, anche lui, si ritrovò per lo più con la schiena bassa e le mani sporche di terra, non trascurando però gli studi universitari.

Il 19 dicembre del 1973, dopo vendemmie, appuntamenti amorosi ed esami scolastici, giunse anche il traguardo del dottorato in matematica.

Il fidanzamento con Giuseppa era ormai consolidato e i dubbi di donna Maria, lentamente, svanirono. I primi frutti si presentarono davanti a quell'uomo che stava costruendo il proprio futuro. Arrivarono le prime richieste di supplenza nelle scuole, tutto il proprio sapere poteva così essere finalmente tramandato ai più giovani. La prima cattedra che toccò da docente, se pur precario, fu ad Avetrana, un piccolo comune accanto alla sua Manduria, dove oltre agli insegnamenti di matematica, riusciva a donare enormi valori di vita. Gli piaceva insegnare ma, come era solito fare, non fermava mai la mente e così, tra le sue molteplici attività, come se la propria giornata possedesse quaranta ore e più, decise di diventare anche imprenditore edile. Una piccola società con un amico geometra entrò quindi nella sua vita con tutti gli oneri ed onori al seguito.

Di pari passo alla vita professionale cresceva anche quella privata.

Il 3 marzo del 1974 i vigneti che circondavano la città di Manduria riposavano. La linfa si stava nutrendo di primavera e, presto, le bacche avrebbero preso il posto delle infiorescenze, riempiendosi di nettare. Quel giorno i campi della famiglia Duggento erano silenziosi e deserti. Il primo sole tiepido dell'anno fece capolino sul sagrato della chiesa di

Santa Maria di Costantinopoli, la cupola in maiolica rifletteva splendente e molte, moltissime le persone in attesa.

Alle ore dodici in punto la marcia nuziale risuonò nelle sinuose navate, mentre di fronte al fastoso altare maggiore, Giuseppe attendeva l'arrivo della sua futura moglie. Il rito fu celebrato da padre Raffaele, emozionato nel trovare innanzi a lui un uomo e non più il chierichetto di un tempo che fu.

Foto di rito innanzi alla nuova dimora degli sposi in via Pasquale Bianchi e poi, con una Fiat 128 gialla prestata da un cugino, a festeggiare presso il ristorante "Fasano" di Manduria. La giornata fu riempita di sentimento, gioia e valori genuini. La stessa sera, casa Duggento fu benedetta dal parroco, dando il benestare a questa nuova famiglia e alla sua nuova vita.

Gli impegni scolastici del neo professore rimandarono il viaggio di nozze, che però gli sposi riprogrammarono nell'estate dello stesso anno tra Torino e Novara. Anche in quell'anno giunse nuovamente il periodo della vendemmia e l'inebriante profumo di mosto rendeva come sempre tutto più speciale, soprattutto in quel principio d'Autunno, quando Giuseppa rimase incinta.

Fu una gravidanza come tante altre al mondo, il pancione cresceva mentre il futuro padre era sempre più assente a causa dei molti impegni. Il 6 luglio del 1975 sotto il sole cocente di Manduria, i due diventarono finalmente genitori del primogenito Cosimo, dal nome ed in onore del nonno paterno.

La carriera del professore proseguiva e giunse anche il momento dell'assegnazione della cattedra nella scuola media inferiore, questa però nella sua Manduria.

Il piccolo Cosimo, chiamato affettuosamente Mimmo, bruciava lentamente le proprie tappe tra svezzamento e primi passi tra le mura domestiche. La dedizione di mamma Pina era commovente. Come molte donne del sud in quegli anni, la sua intera vita era dedicata esclusivamente alla crescita dei figli.

Mentre Mimmo imparava ad essere sempre più indipendente, un'altra cicogna intraprese il suo nuovo viaggio. La voglia di Pino e Pina di allargare la famiglia con una bimba era tanta, ma questa speranza andava a contrastare quella del piccolo Mimmo, che già si vedeva in cortile a giocare a calcio con il suo fratellino. Nessuna nuova vita giunse in casa Duggento, la gravidanza si interruppe ancor prima di conoscere il sesso.

La forza di certe donne, spesso, si percepisce proprio in queste occasioni. La vita non sempre possiede tutte le risposte, ma la forza intrisa nell'animo femminile riesce a farle andare ugualmente avanti. Mimmo presto avrebbe ripreso a sperare. Un'altra gravidanza, infatti, si presentò in casa, e non fu affatto una gravidanza semplice. La paura di perdere nuovamente il bambino portò Pina a seguire diverse accortezze. Il dottore le prescrisse assoluto riposo e una pesante cura di cortisone che, smorzando la paura, la portava a ripetere a Giuseppe:

"Sarà uno scimmione pieno di peli!"

Aveva una gran fretta di uscire e scoprire il mondo, non stava un attimo fermo dentro la pancia della madre, era potenza pura, era forza, persino il dottore rimase stupito da tanta attività motoria da parte del feto. Pur seguendo ogni accorgimento, un distacco di placenta fece tornare ancora la paura di poter perdere il bambino.

Invece, il 22 luglio del 1980 all'ospedale di Cisternino nacque l'ultimo della famiglia; era maschio.

Gregorio Duggento, un nome che presto avrebbe fatto il giro del mondo.

La tua nascita
Tra gioie e dolori
Il primo vento

III
SANGUE DEL MIO SANGUE

Mimmo era entusiasta della nascita del fratello. Già si vedeva nelle piazze del paese a sbucciarsi le ginocchia sulle chianche o a tirar calci ad un pallone col suo nuovo compagno di vita. Purtroppo, la conoscenza tra i due fu rimandata e non di poco. Un'infezione post-parto diede delle complicanze a Pina, che la costrinsero per diverso tempo ricoverata con forti dolori e febbre alta.

Anche Gregory, così veniva chiamato ormai da tutti, fu messo subito a dura prova. Chiuso in un'incubatrice, passò le sue prime settimane di vita lottando come un leone tra la vita e la morte. Non stava fermo nemmeno in quella tragica situazione. L'energia che sprigionava quel piccolissimo uomo sorprendeva tutti nel reparto neonatale. Solo Pina non era affatto sorpresa. Del resto, dopo averlo tenuto in grembo per nove mesi, sapeva già di che pasta era fatto il suo secondogenito.

Furono settimane molto dure per la famiglia Duggento. Pino doveva gestire troppe cose e, sebbene fosse abituato a ritmi frenetici, dovette lasciare Mimmo a casa degli zii. Trascorreva molte ore in macchina, dopo il lavoro, per riuscire a stare il più possibile in ospedale accanto alla moglie ed al piccolo.

Dall'euforia data dalla nascita del fratellino, Mimmo passò subito ad un senso di rabbia. Cominciò a sentirsi escluso, abbandonato. Del resto, erano passate settimane e ancora non conosceva quel piccolo mostriciattolo e a casa degli zii, senza mamma e papà, il tempo certamente non scorreva per lui nel migliore dei modi. Cominciò a percepire che l'arrivo di suo fratello lo stava mettendo in disparte da tutto e tutti e, come spesso accade in questi casi comprese che non sarebbe più stato l'unico *cocco* di casa.

La sua reazione non tardò ad arrivare. Cominciò a cercare le attenzioni da parte del padre in ogni modo. Tra strilla e comportamenti violenti, provava a farsi sentire, ad essere ancora presente come attore protagonista, ma nulla poteva cambiare la situazione.

Con le condizioni dell'infante che lentamente stavano migliorando, arrivò anche il giorno del fatidico incontro.

Mimmo stringeva la mano del padre, quando entrarono nel lungo corridoio del reparto ospedaliero. Quarantatré passi, il piccolo li contò tra sé e sé, servirono per trovarsi davanti all'enorme vetrata. Cercò con lo sguardo la culla di suo fratello, andò ad intuito riconoscendola subito. L'infermiera, al di là del vetro, prese in braccio Gregory per avvicinarlo alla vetrata affinché Mimmo potesse vederlo ancor più vicino.

Quando i due fratelli si trovarono uno di fronte all'altro, divisi solo dalla lastra di vetro, l'ostetrica fece notare al padre lo sguardo di Mimmo.

"Ma non sei contento?" - chiese Pino al figlio maggiore, che non staccava di un millimetro il naso dal vetro.

Mimmo esitò un attimo nel dare la risposta, sospirò e prendendo coraggio disse:

"E io con questo dovrei giocare a pallone?"

Il padre scoppiò a ridere, mentre l'infermiera riadagiava il piccolo nella culla.

Giunse anche il giorno del ritorno definitivo a casa. La famiglia Duggento si era allargata e, fortunatamente, tutto era finito per il meglio. In realtà la sofferenza di Mimmo aumentava sempre di più. Aveva cinque anni ed il suo vocabolario era già ricco di termini, ma la nascita del fratello lo fece chiudere in un religioso silenzio.

Pina e Pino impiegarono diverso tempo a riequilibrare la situazione. Lentamente, però, Mimmo riprese posto, il suo posto e così anche la sua voce tornò a farsi presente tra le mura di casa. C'era solo da attendere il giorno in cui anche quel piccolo intruso fosse stato più indipendente per poter giocare assieme a lui. Il giorno della prima partita a calcio sarebbe arrivato, nel frattempo Mimmo trascorreva le ore sul divano, rapito dall'immagine della televisione. Adorava una pubblicità in particolare, dove alcune ragazze volteggiavano e correvano veloci indossando dei pattini a rotelle.

Mimmo era caparbio. Anche lui, se si metteva in testa una cosa, difficilmente questa svaniva fino a quando non era riuscito a realizzarla. L'idea di poter essere più veloce di tutti s'impossessò di lui. Cominciò così la richiesta più assillante della sua storia verso i genitori:
"Voglio i pattini" - ripeteva in continuazione tra capricci e grida.
Pino e Pina mai gli avrebbero comprato un qualcosa che, secondo loro, avrebbe provocato timori e chissà quante scorticate di pelle.

Ci pensò però lo zio Leonardo a far terminare questa diatriba interna.

Era il giorno della Befana e il regalo tanto atteso si presentò davanti agli occhi di Mimmo. Zio Leo scontò la pena per parecchio tempo con continui rimproveri da parte dei due genitori. Un paio di pattini con i cinturini in cuoio da legare alle proprie scarpe, certo non erano quelli a scarponcino bianco visti in televisione, ma questo non precluse a Mimmo di girare a tutta velocità per casa e spesso, come previsto, facendosi anche male.

La gioia che sprigionava però quando indossava quelle rotelle era visibile a tutti. Decisero così d'iscriverlo ad un corso di pattinaggio presso la palestra situata in via del Macello. Aveva sette anni quando cominciò seriamente a stare sui pattini, quelli veri, a scarponcino. Mamma Pina si divideva in quattro e così, tutti i pomeriggi, metteva in moto la fiat 500 bianca e con Mimmo davanti e Gregory dietro, portava agli allenamenti il piccolo pattinatore. Pino, nel primo periodo, non riusciva a seguire anche questa parentesi della propria famiglia, aveva infatti aggiunto alla sua lunga lista d'impegni giornalieri, anche le ripetizioni scolastiche che teneva nello studio nebbioso dalle tante sigarette accese.

Il tempo passava ma Mimmo, per l'ennesima volta, si sentì messo in disparte. Le colpe questa volta, però, erano attribuite al suo allenatore e così, usando le solite scusa da bambini, cominciò ad evitare gli allenamenti.

I genitori percepirono che tutta l'euforia iniziale non poteva essere svanita così all'improvviso e, proprio quando il dottore prescrisse al piccolo Mimmo un calmante, papà Pino decise di affrontare l'argomento.

"Cosa c'è che non va? A scuola tutto bene? Perché non vuoi più andare a pattinaggio?" - Quell'interessamento sincero nei suoi confronti lo fece sentire decisamente meglio, aveva bisogno solo di attenzioni e comprese che, forse, non era tutto perso dopo l'arrivo del fratellino.

Pino chiese all'allenatore di puntare maggiormente su quel bambino che aveva una gran voglia di arrivare e così l'impegno nei confronti del pattinaggio, in entrambe le discipline, artistico e corsa, fu sempre più intenso.

Mimmo mise tutto sé stesso in questa passione, partecipò quindi ai primi saggi e ai primi trofei sempre seguito da mamma Pina e dal piccolo Gregory che cresceva in quell'ambiente fatto di pattini e sudore.

Le stagioni scorrevano rapide e gli impegni lavorativi tenevano lontano da casa quell'uomo che stava dedicando la sua intera vita al benessere della propria famiglia.

Gregory iniziò il suo percorso presso la scuola materna dei passionisti, il resto del tempo era speso come spettatore di Mimmo e della sua passione. Crescendo, il legame tra i due fratelli diventava sempre più intenso. Lotte sul divano e raramente le tanto attese partite a pallone, infatti Mimmo, quasi come beffa del destino, scoprì che non amava affatto il gioco del calcio.

D'estate la famiglia Duggento era solita trasferirsi nella casa al mare a San Pietro in Bevagna. Tra viale del Gesù, via dell'amore e via Ischia, Mimmo, Gregory e i loro cugini, sfogavano tutta la loro giovinezza. Il piccolo di casa stava crescendo particolarmente attivo, non riusciva a stare mai fermo, aveva sempre le ginocchia scorticate.
Nessuno ha mai capito il perché, ma Gregory era solito correre come un fulmine, guardandosi alle spalle. Le cadute rovinose si ripetevano continuamente e, a tal proposito, mamma Pina gli faceva indossare delle ginocchiere notte e giorno, persino quando si recavano a far la spesa o a far visita a qualche parente. La velocità e la potenza di quel piccolo bambino iniziavano ad esplodere dal suo esile corpo.

Ciclicamente l'odore di mosto si presentava in tutta la città ed insieme giunse il giorno per Gregory di cominciare il percorso scolastico presso le scuole elementari "Prudenzano" di Manduria. Era il 1986, ma in quell'anno un altro dettaglio entrò a far parte della sua vita.

Non poteva stare sugli spalti ad osservare il fratello per sempre e così decise che era giunto anche per lui il momento di indossare quelle scarpe ad otto ruote. Il pattinaggio artistico e corsa ormai erano diventati un appuntamento fisso nella famiglia Duggento, un appuntamento importante, ma forse il più importante nella vita di Gregory.

Ora, finalmente, il piccolo bambino poteva correre veloce senza più voltarsi indietro.

In equilibrio
tra sport e famiglia
Vero amore

IV
PRIMORDIALI AMBIZIONI

Spiegare una passione, di qualsiasi tipo, risulta essere sempre difficile.

Molte cose, quando la passione entra nella nostra vita, potrebbero essere percepite quasi fossero prive di senso, ma la forza che scaturisce da questo puro sentimento porta ad affrontare le sfide più ardue con un'intensa volontà d'animo.

La passione che si era impossessata dei fratelli Duggento arrivava esclusivamente da quel paio di scarpe con otto ruote. Erano gli anni del boom sportivo rotellistico, e la Puglia risultava essere una delle regioni con più atleti tesserati. Anche i risultati agonistici mettevano ai primi posti il tacco d'Italia.

Mimmo cominciava a prendere di petto ogni allenamento e Gregory, con un casco tondeggiante e il suo esile corpo, seguiva a ruota il fratello maggiore. I sacrifici di tutti gli atleti e delle rispettive famiglie appartenenti al Gruppo Rotellistico Manduria erano molti e faticosi da mantenere. La mancanza di una struttura idonea portava a percorrere diversi chilometri per poter raggiungere, in altri comuni, le piste fruibili.

La presenza di Pino in casa si sentiva maggiormente. L'attività d'imprenditoria edilizia era stata abbandonata, anche se continuava nella figura d'insegnante e coltivatore dei propri terreni, terreni che teneva, volutamente, alla larga dai due figli. Spesso mamma Pina e papà Pino caricavano nelle loro due automobili, oltre ai loro figli, altri atleti della squadra per raggiungere i luoghi dove avrebbero tenuto gli allenamenti. A seguire entrambe le discipline, corsa e artistico, era sempre presente il loro allenatore Armando Ariano, soprannominato da tutti "il Professore", un uomo pieno d'umiltà e perseveranza, caratteristiche degne di qualsiasi grande atleta. Severo al punto giusto, ambiva alla costruzione di una grande società sportiva, ricca di valori e di campioni.

"Il Professore" riusciva ad insegnare molto di quello sport tramite il gioco e a volte anche con qualche follia. Nelle gare del pattinaggio corsa si copre una distanza in gruppo, ma pur sempre uno contro l'altro. E' uno sport individuale, anche se spesso si tende a fare gioco di squadra, ma vince sempre e solo chi taglia il traguardo per primo. In pista tutto può accadere, persino che nella bagarre, un atleta avversario ti possa cadere davanti e, vigile, devi avere la destrezza di evitarlo per non finire rovinosamente sdraiato in sua compagnia, magari lasciando anche sulla pista brandelli di pelle.

Ariano in allenamento riusciva a simulare tutto ciò. Mentre i suoi ragazzi giravano ad alta velocità, all'improvviso era solito lanciare birilli tra i piedi dei pattinatori. Con questo gioco al limite del corretto, si allenava però la concentrazione e la risoluzione degli imprevisti che nel mondo dell'agonismo erano soliti esistere. Lo scopo di tutti questi sforzi, infatti, serviva a preparare la squadra al grande mondo delle gare ufficiali.

Questo sacrificio da parte di tutti necessitava però di una pista a Manduria.
Genitori, qualche sponsor e la provvidenza del solito Padre Raffaele, sempre presente nella vita della famiglia Duggento, esaudirono questo sogno. Fu proprio nel terreno dell'oratorio S. Anna che si concesse la costruzione della pista piana della dimensione di venti metri per quaranta. Tra allenamenti sparsi per la regione su piste sopraelevate, piazzali stradali e ora anche in quella di casa, giunse il giorno del debutto nell'agonismo.
Gregory dimostrò da subito la sua forza. Ormai era risaputo, quel bambino non amava il pattinaggio

artistico, lui doveva correre più veloce di tutti, doveva infilarsi tra gli avversari, per poi metterseli tutti alle spalle e provare a tagliare il traguardo per primo. Era solito lasciare supplichevoli lettere sotto il piatto del padre, con la richiesta di poter abbandonare l'artistico e dedicarsi esclusivamente alla corsa. Purtroppo, suo padre, nella sua testardaggine, non era certo tipo da farsi implorare ed era convinto che l'artistico potesse dare benefici al fisico e alla postura dei propri figli.

La forza fisica, ma anche quella caratteriale di Gregory, emerse fin da subito. Spesso incappava in pesanti discussioni con il coach Ariano che, non da meno, infuriato, gettava il proprio cronometro a terra. Molti furono quelli rotti a causa del piccolo atleta. La squadra cresceva e con essa anche le aspettative di risultati importanti. L'umiltà del "Professore" lo portò a capire che era giunto il momento di scindere il suo impegno nelle due discipline e così furono chiamate in causa allenatrici esperte del settore artistico.

Ai campionati regionali il coach prese atto dell'immensa differenza tecnica tra gli atleti della provincia di Lecce e i suoi. Allenatore della Società Rotellistica Arnesano e collaboratore della Società P.G.S. Don Bosco Lecce era Roberto Perrone, ex pattinatore di livello ed esperto di tecnica del pattino tradizionale. Di professione ispettore assicurativo, nei suoi continui viaggi di lavoro riusciva a trovare il tempo per donare la propria consulenza alle società rotellistiche che la richiedevano e fu così anche per la società manduriana.

Furono appuntamenti molto costruttivi. Il coach Perrone era preparatissimo e riuscì a smussare la tecnica di tutti gli atleti, ma fu in Gregory che scoprì un potenziale immenso. Quel piccolo pattinatore sfrecciava agile, rimbalzando da una parte all'altra della pista, intrufolandosi negli spazi più piccoli che si potevano creare tra due pattinatori.

Fu proprio Perrone a trovare il soprannome all'esile atleta e questo lo accompagnò per diverso tempo: "palla di gomma".

L'agonismo entrò nella vita dei due fratelli, che certamente non si volevano far trovare impreparati. Sempre più ore al giorno passavano sui pattini, volteggiando in piroette o sfrecciando contro il tempo. Capitava di partecipare, nella stessa giornata, a due campionati regionali. Si finivano le discipline corsa a Lecce per poi trasferirsi rapidamente sulla 500 bianca a Bari per le gare di artistico. Quanti sacrifici. Follia pura, - pensava la gente- ma in quei due ragazzi vi era la forza della passione e si sa, questa nessuno la può fermare.

Mimmo entrò nei centri di alta specializzazione della nazionale grazie ad un titolo italiano conquistato e, proprio in questi incontri atletici, ebbe la fortuna di essere allenato da un'icona siciliana del pattinaggio corsa, Pippo Cantarella.
Ad ogni rientro a Manduria era solito donare ciò che aveva appreso a suo fratello Gregory.

Anche "palla di gomma", con il suo carattere vincente, cominciava ad ottenere risultati di prestigio. Ai criterium indoor del sud, prime gare dell'anno, si contendeva sempre la vittoria nelle varie discipline con un altro piccolo prodigio proveniente dalla Calabria, Francesco Cipolla. Erano gli anni della formazione atletica, ma sicuramente anche di quella umana.

Finite le gare, la rivalità che ci poteva essere in pista tra atleti svaniva immediatamente, trasformandosi in pura e sincera amicizia. Spesso i giovani atleti si scambiavano gli indirizzi e cominciavano corrispondenze postali a suon di lettere, a volte anche sdolcinate quando il destinatario risultava essere una prima cotta. Quello sport colmo di valori e sani principi stava formando due uomini.

Gregory stava facendo tesoro di ogni esperienza. Era preciso, ligio e rapito dalla strategia di gara, adorava il momento delle prove in pista e la scelta della ruota giusta. Ammirava quella valigetta di legno contenente treni di ruote di vario diametro e durezza, quasi fosse uno scrigno prezioso, era inebriato dall'odore di gasolio che andava a lubrificare i cuscinetti. Seguiva i consigli di tutti e pretendeva molto da se stesso, ma anche dagli altri.

Era un piccolo grande uomo, "palla di gomma", sognava ad occhi aperti, sognava di andare oltre e poter viaggiare per competere nelle piste di tutto il mondo. La prima volta che prese il traghetto per recarsi ad un criterium nazionale ad Acireale rimase per tutto il viaggio sul pontile ad osservare il mare. Quel senso di libertà lo stava provando grazie allo sport e, ovviamente, grazie ai suoi genitori che sacrificavano tempo e denaro per quella sua forte passione.

I due fratelli si allenavano in modo sempre più assiduo, spesso si trovavano nelle strade della campagna Manduriana scortati dalla 500 bianca o a mantenere la velocità dietro il cinquantino di Mimmo, un Aprilia red rose, mentre i passanti in automobile li riempivano d'insulti "Andate in pista a pattinare" - gridavano.

Tutto il progetto sportivo societario stava dando i primi frutti e quando l'ansia da prestazione prendeva il sopravvento, a calmare i due, vi era papà Pino, che immancabilmente diceva: "Due braccia e due gambe hanno i vostri avversari e due braccia e due gambe avete voi. Impegnatevi al massimo e non avrete rimpianti. Le sconfitte, in ogni caso, servono a crescere e a farvi rendere conto dell'impegno che è necessario per vincere."

Tutto quell'impegno non sarebbe potuto esistere senza il sostegno e l'amore di una grande famiglia. Nulla ormai avrebbe potuto fermare la conquista dei loro sogni.

Le prime sfide
bagnate dal sudore
Solo passione

V
LA STRADA SEGNATA

Le ambizioni dei fratelli Duggento crescevano e con esse l'impegno giornaliero dedicato ai loro allenamenti.

La vita di un atleta non è mai facile da gestire, molte le componenti che bisogna incastrare, soprattutto quando lo sport che si pratica, fa parte dei cosiddetti "sport minori". Ottenere la prestazione migliore, rimane sempre unico e grande scopo di ogni vero sportivo.

Anche se la giovane età dei due avrebbe dovuto portarli tra le piazze di Manduria a tirare calci ad un pallone o chissà, a giocare a Curru, bisticciando e ridendo con i loro coetanei, Mimmo e Gregory avevano già preso la loro decisione.
La completa dedizione al pattinaggio assorbiva infatti tutto il loro tempo extra scolastico. Capitava di rado che Gregory riuscisse a passare qualche ora con i suoi amici Giovanni e Leonardo.
Nel 1991 "palla di gomma" fu notato dal settore giovanile della nazionale italiana, fu quindi convocato al primo raduno della sua carriera.

Pochi giorni lontano da casa tra pista e albergo, convinsero ancor più il piccolo prodigio che quella sarebbe stata la strada giusta. Il raduno si tenne a Melissano, in provincia di Lecce, dove i migliori atleti delle categorie giovanili, venivano sottoposti ai test medici e tecnici da parte dello staff federale. Al capo di questo, Giulio Ravasi e Roberto Perrone, quest'ultimo già conosciuto da Gregory.

Al termine di questa prima esperienza ad alti livelli, Gregory aveva le idee sempre più chiare sul proprio futuro.

Nell'anno successivo era giunto il momento di concretizzare sforzi e sacrifici.

Con le prime esperienze di Mimmo nei centri d'alta specializzazione, la famiglia Duggento prese atto di cosa si poteva e si doveva fare.

Mai avevano dimostrato d'essere presuntuosi e superiori, ma la voglia di ottenere risultati sempre migliori, fece prendere alla famiglia la decisione d'intraprendere una nuova strada.

Decisero così di abbandonare il Gruppo Rotellistico per aprire una società tutta loro, il C.S.H.P. MANDURIA.

Sebbene la loro stoffa fosse visibile a tutti, avevano pur sempre bisogno di un allenatore.

Fu in questa situazione che venne chiesto direttamente a Pippo Cantarella di preparare dei programmi d'allenamento per i due fratelli.

Con la famiglia sempre ad appoggiare l'intero progetto, cominciò quindi questo rapporto con il nuovo coach.

L'immensità della figura di "Pippo" la si poteva scorgere in ogni suo gesto. Grande maestro, riusciva a donare il proprio sapere in ogni sua frase o consiglio. La sua carriera di atleta nella disciplina del pattinaggio corsa, soprattutto come velocista, iniziò nel 1963 e terminò nel 1981.

In poco meno di vent'anni incise nel proprio palmares sessantasette titoli italiani, ventisette europei e quindici mondiali, tra strada e pista.

Diventò così il loro allenatore a distanza. Pippo infatti era nativo della Sicilia e nella sua Siracusa di professione faceva il pescatore. Gli sport minori italiani possiedono, da sempre, anche la pecca di rendere economicamente pochissimo, in rapporto al sacrificio e a ciò che viene conquistato in termini di risultati e purtroppo era così anche per campioni del calibro di Cantarella.

Pippo preparava quindi gli allenamenti settimanali che venivano comunicati telefonicamente ai Duggento.

Nel 1992 la telefonia mobile cominciava ad espandersi, ma certamente non era accessibile a tutti.

Quando doveva stare in mare per diversi giorni, aveva a disposizione il telefono satellitare di bordo e così poteva capitare che Mimmo passasse ore al telefono di casa per provare a beccare la linea, non sempre disponibile nel bel mezzo del Mediterraneo.

Le difficoltà di comunicazioni si ampliavano ancor più quando arrivava l'estate.

Nell'abitazione di San Pietro in Bevagna, dove la famiglia Duggento era solita passare le vacanze estive, non vi era il telefono e così, quando si doveva conoscere il programma d'allenamento settimanale, si passavano ore nella piazza del paese dentro la rovente cabina telefonica. Ripetutamente la tessera veniva inserita, nella speranza di ricevere presto una risposta di "Pippo".

Gli allenamenti del nuovo coach richiedevano maggior impegno, suddividendosi tra piste sopraelevate, anelli stradali e salite, come se nel Salento fosse stato facile trovarne anche solo una. Questi programmi misero in risalto le potenzialità da velocista di Gregory e il piccolo di casa cominciò a prendere appunti personali su ogni sessione, appassionandosi anche alla metodologia che il coach seguiva, sognando sempre più in grande.

Nello stesso anno il nome di Gregory si fece notare al campionato italiano che si tenne a Casalborsetti, vicino Ravenna, dando ragione agli sforzi dei nuovi allenamenti che cominciarono così a dare i loro frutti.

Quelli furono anni di cambiamento nel mondo del pattinaggio corsa. Mentre la disciplina dell'artistico rimase fedele al suo strumento di lavoro, il pattino a quattro ruote, la corsa introdusse il pattino in linea. La tecnica risultava essere completamente diversa, molto più simile a quella del pattinaggio velocità su ghiaccio.

L'arrivo di questo nuovo pattino prima, e l'obbligo di utilizzo nelle competizioni sportive poi, troncò la carriera di moltissimi pattinatori che non riuscirono ad adattarsi al cambiamento. Era il 1993.

Per Gregory invece, fu una manna venuta dal cielo. Non tanto perché a livello tecnico si trovasse meglio, la sua determinazione infatti lo avrebbe portato a non mollare mai con qualsiasi mezzo ai piedi, ma quanto alla possibilità di convincere papà Pino a fargli mollare, finalmente, la disciplina del pattinaggio artistico.

Scelta che, visti i risultati che cominciavano ad essere sempre più importanti nell'ambito corsa, dovette accettare.

Con il nuovo pattino si riuscivano ad ottenere velocità sempre più elevate, così Gregory prese ancora più di petto la sfida contro il tempo. Aveva tredici anni e quella è l'età dove si delineano le caratteristiche personali di un atleta. Era portato per le gare di velocità, dove il vero avversario è solo ed esclusivamente il tempo.

Nel 1994 il pattino tradizionale a quattro ruote era ormai dimenticato da tutti. Mimmo era diventato quasi uomo e la sua strada d'atleta iniziò ad essere sempre più ricca di ostacoli. Un problema ad un ginocchio prima e l'università poi, misero fine alla parola sport nella sua vita.

In quell'anno Gregory invece fu convocato con la nazionale per il suo primo Campionato Europeo. Uscì così dai confini italiani per la prima volta nella sua vita, destinazione Austria.

Ogni atleta è solito trovare il proprio modo di concentrarsi e spesso la musica aiuta a gestire la tensione che prima dello start si accumula. Gregory era solito indossare le sue cuffie e, ad alto volume, in questi minuti pre-gara riusciva ad estraniarsi per trovare la migliore sensazione emotiva. Si presentava sulla linea di partenza svuotato da ogni pensiero e, già dal primo passo, sprigionava la potenza di un leone in corsa e, con occhi da tigre, delineava anticipatamente le traiettorie.

Mai la famiglia Duggento si sarebbe persa la prima competizione internazionale con la maglia azzurra del piccolo di casa, così Mimmo neopatentato, mamma e papà partirono in direzione Vienna con la loro Fiat Regata blu. Gregory era già da giorni sul posto con la delegazione federale.

Trovarono un campeggio fuori città dove sostare per tutta la settimana di gare, ma proprio quando l'ultimo picchetto fu piantato a terra, ricevettero la triste notizia della morte del padre di Pina. Lasciarono l'Austria e il piccolo Gregory ignaro di tutto. Per quanto il dolore fosse forte non avrebbero mai voluto intaccare la concentrazione del figlio proprio al suo primo appuntamento internazionale. Gli dissero solo che il nonno aveva avuto un malore.

Un quarto posto nella gara a cronometro concluse questa esperienza. Ora la triste realtà lo aspettava al suo rientro.

Il 1995 fu l'anno della svolta, Gregory Duggento diventò finalmente un campione.

Con i continui allenamenti, ormai in solitaria, riuscì a portare a casa quattro titoli italiani, ma un altro viaggio all'estero consacrò questo piccolo grande uomo. Ad Ostenda, in Belgio, vinse il suo primo campionato europeo nella specialità a cronometro e, con una strategia impeccabile dello staff aiutò, in un gioco di squadra perfetto, a far vincere la 500 metri sprint ad un compagno di nazionale.

Quel ragazzo sembrava affamato di successo, continuava infatti a vedere con la tenacia e l'umiltà che gli appartenevano, ogni sua vittoria come trampolino di lancio, quasi fosse sempre l'inizio di qualcosa di più grande.

Aveva cominciato le scuole superiori e la sveglia al mattino suonava spesso alle cinque, per il primo allenamento della giornata. Casa, doccia, scuola e nuovamente in pista, questa ormai la routine quotidiana.

A novembre giunse voce che, nell'anno a venire, per Gregory si sarebbe potuta presentare un'occasione irripetibile. Nella mente del ragazzo già ronzava l'idea di afferrarla e cominciò a sognare. In cuor suo sapeva quanto i sogni sarebbero potuti diventare realtà, del resto, ne aveva già avuto dimostrazione.

Il primo sogno
la tua prima vittoria
ma non ultima

VI
FIGLIO DEL VENTO

Quando un'atleta diventa campione, perché campioni si diventa, non certo si nasce, come spesso vogliono farci credere, questo non smetterà mai di ricercare il miglior risultato di sempre.

Lo scopo della vita diventa quello di lasciare un segno indelebile nel proprio sport.

Gregory aveva quindici anni e aveva già vinto tutto quello che c'era da vincere nella sua categoria, ma il 1996 cominciò con un'altra impresa da compiere, la più grande di tutte, almeno fino a quel momento.
Per la prima volta nella storia del pattinaggio corsa, la federazione mondiale decise che si sarebbe svolto il campionato del mondo nella categoria Juniores, proprio quella che in quell'anno avrebbe accolto il campione Manduriano.

Il mirino del giovane ragazzo puntava dritto verso la competizione intercontinentale. Riusciva a conciliare scuola e sport, ma tutte le energie venivano spese nelle tante ore d'allenamento giornaliero. L'euforia si amplificò quando la federazione comunicò il paese che avrebbe ospitato l'evento sportivo, Colombia, precisamente nella città di Barrancabermeja.

La competizione si sarebbe svolta nel mese di novembre e Gregory avrebbe avuto tutto il tempo di arrivare nella miglior condizione fisica all'atteso appuntamento.

La felicità di allenarsi per un campionato del mondo veniva celata nella serietà e nei sacrifici di quel piccolo grande campione.

A inizio primavera cominciò, come sempre, la stagione agonistica. Ad aprirla erano i consueti campionati italiani indoor. In quell'occasione il manduriano portò a casa il primo bottino di titoli dell'anno. La preparazione seguiva il suo corso in vista delle più importanti competizioni estive: i campionati italiani su pista e strada.

Gregory salì ancora una volta sul gradino più alto del podio, ma niente lo poteva distogliere dalla finalità del suo progetto.

Nel mese di agosto arrivò la nuova convocazione da parte del commissario tecnico Giovanni Martignon. I campionati europei si giocarono in casa quell'anno, precisamente nella città Toscana di Piombino.

In quell'occasione Gregory vinse il titolo, ma anche la sua prima competizione sentimentale. Fu rapito infatti dalla bellezza di una ragazza due anni più giovane di lui.

Maria Laura, questo era il suo nome, una ragazza sarda di madre olandese, un mix di bellezza e determinazione, anch'essa campionessa e appartenente alla nazionale italiana.

I due giovani atleti cominciarono così una relazione a distanza, per lo più a quell'età fatta di lettere, telefonate e qualche bacio rubato sui campi di gara.

Terminò l'estate e con essa anche la stagione agonistica prima del grande evento. Ad ottobre vennero tenuti i due raduni definitivi che avrebbero formato la rosa degli atleti partecipanti al campionato mondiale.

Gregory, ovviamente, divenne pilone portante del reparto velocisti e con la gioia negli occhi giunse anche il mese di novembre e il fatidico giorno della partenza.

Mai era andato oltre oceano e mai era salito su di un aereo. Il ritrovo all'aeroporto con tutto lo staff tecnico e i compagni d'avventura iniettarono un'adrenalina mai provata prima. Con indosso la divisa della nazionale, gli atleti venivano avvicinati dalla gente comune per comprendere quale tipo sport praticassero. Essere trattato come "vip", a chi non avrebbe fatto piacere? Anche questo era vissuto come premio per tutti gli sforzi fatti, non solo in quell'anno, ma da sempre.

Sorvolando l'oceano, Gregory ripensò al sogno di viaggiare che gli si presentò sul pontile del traghetto mentre attraversava lo stretto di Messina.

Dieci ore di volo con atterraggio nella capitale Bogotà, un breve scalo e nuovamente in volo su di un piccolo aeroplano ad elica con direzione Barrancabermeja.

Appena gli atleti toccarono terra vennero soffocati da una calura mai provata prima. In Italia era autunno inoltrato, qui invece la temperatura era ben sopra i trenta gradi, con il cento per cento di umidità. Mentre l'intera delegazione si spostava verso l'uscita dell'aeroporto, la realtà che si stava presentando davanti agli occhi di tutti non poteva certo essere prevista.

In Colombia il pattinaggio corsa è sport nazionale. Ogni campionato viene trasmesso sulle reti televisive e tutti i più forti atleti sono visti come idoli dalla popolazione, proprio come accade per il gioco del calcio nel bel paese.

Ad aspettare la nazionale italiana una miriade di gente che, gioiosa, chiedeva autografi agli azzurri, ma tutta quell'euforia si sarebbe placata rapidamente. Erano gli anni della guerriglia interna e le strade di Barrancabermeja erano piene di militari armati. La delegazione, come tutte le altre nazionali partecipanti a quel campionato del mondo, venivano sempre scortate, con il divieto assoluto per i ragazzi di uscire dall'albergo in solitaria.

Ci volle qualche giorno per metabolizzare tutte quelle nuove emozioni, il caldo e il jet lag cominciarono a creare qualche problema fisico a diversi atleti.
Fortunatamente lo staff medico riuscì a reintegrare per tempo la loro preparazione fisica.

Il giorno delle prime prove tecniche giunse colmo d'aspettative. Il campionato del mondo si sarebbe svolto prima con le gare in pista e a seguire con quelle su strada.
Quando Gregory fece i suoi primi giri di prova sulla sopraelevata, venne assalito da un momento di sconforto, il primo dell'anno, forse il primo di sempre. Il caldo, il non riuscire a trovare la ruota giusta e ovviamente la tensione per il suo primo campionato intercontinentale, riempirono la sua testa di dubbi. Gli insegnamenti del padre però, erano soliti presentarsi al momento giusto. Riuscì quindi a trovare la miglior ruota, in realtà fu la meno peggio, ma i campioni si distinguono anche da queste scelte e si tranquillizzò focalizzando nuovamente l'obbiettivo.

Qualche giorno di prove tecniche e finalmente arrivò la mattina dell'inizio del campionato. Giornata di sole senza un filo di vento, dettaglio importante per chi corre a cronometro.

In terra sud-americana giunse anche mamma Pina. Per niente al mondo avrebbe perso l'occasione di tifare suo figlio dagli spalti, del resto, gran parte del merito era anche suo. In volo pensò a tutti gli allenamenti in giro per la Puglia, ai chilometri macinati con la sua amata fiat 500, ai soldi spesi per quella passione che aveva travolto i propri figli. Dall'altra parte del mondo doveva essere presente almeno una parte della famiglia.

Raggiungere la pista per gli atleti non fu cosa semplice. Gli spalti gremiti di pubblico iniettavano adrenalina dentro le gambe degli azzurri, mentre ognuno di questi, cercava la propria concentrazione.

Gregory si mise le solite cuffie alle orecchie, schiacciò il tasto play del suo lettore cd e la voce di Dolores, cantante dei Cranberries, entrò dentro di lui. La musica, che prima di ogni gara lo accompagnava verso la ricerca della calma necessaria, questa volta durò ben poco.

Mai in tanti anni di carriera il tifo del pubblico aveva sovrastato quel suo momento.

Decise allora di abituarsi a quel dolce frastuono, si tolse le cuffie, finì il suo riscaldamento e indossò i pattini ai piedi.

Era giunto il suo momento, trecento metri da coprire in solitaria contro il solito cronometro. I decibel dentro l'impianto sportivo raggiunsero livelli altissimi. Si posizionò sulla linea di partenza, quando all'improvviso si alzò un vento anomalo. Tutti nello staff azzurro cominciarono a preoccuparsi, Gregory fissò le bandiere issate delle nazioni partecipanti che sventolavano impazzite, e capì in quell'istante che quel vento contrario gli avrebbe impedito di esprimere al meglio le sue capacità.

Ogni atleta per regolamento ha a disposizione due false partenze, qualora ci fosse una terza, questo verrà squalificato. Gregory, da stratega qual era, ne utilizzò una nella speranza che quel vento svanisse presto.

Si riposizionò sulla linea e le bandiere si accasciarono immobili. Il vento com'era giunto all'improvviso, così svanì.

La potenza di quel ragazzo venne scaricata a terra un metro alla volta. Un tempo stratosferico faceva sperare in un buon piazzamento.

Ora era giunto il turno dell'idolo di casa. Il pubblico inneggiava il suo nome fino al momento della partenza. Trecento metri e, subito dopo il traguardo,

lo sguardo rivolto al display che segnava il tempo.
Inutile.

Quel ragazzo proveniente dalla città di Manduria,
dopo anni di sacrifici diventò Campione del Mondo.

Tra pianti di gioia e il pubblico che sportivamente
applaudiva, venne sommerso da giornalisti e
fotografi.

Obbiettivo centrato. Ma Gregory, com'era solito
pensare, sapeva che quello sarebbe stato l'inizio di
qualcosa di più grande.

Grandi festeggiamenti in albergo la sera con tutto lo
staff, ma la sua serietà lo portava già con la mente
alla prova su strada.

Lo stadio del percorso stradale era ancora più
gremito. Gente che non si poteva permettere
l'acquisto del biglietto, si arrampicava sugli alti
alberi esterni al circuito.

Per la seconda volta in quella competizione Gregory
si trovò sulla linea di partenza. Come uno strano
scherzo del destino a fargli visita si ripresentò il
vento che comparve dal nulla.

Questa volta la sua convinzione lo portò a non
pensare a strategie o ad altro, si mise in posizione e al
"può partire" del giudice italiano presente, consumò i
suoi trecento metri sovrastato dal boato del pubblico.

Tagliata la linea del traguardo il silenzio sommerse
tutto lo stadio. Furono i cinque secondi più lunghi di

sempre. Un boato esplose quando tutti i presenti realizzarono il tempo impiegato.

Gregory Duggento aveva compiuto nuovamente la più bella impresa di sempre. Campione del mondo a cronometro anche su strada.

Lo staff decise di inserirlo anche nella 500 metri sprint. Questa volta l'impresa fu cancellata al fotofinish per soli tre millesimi di secondo.

Con al collo due medaglie d'oro e una di bronzo terminò così l'impresa sud-americana.

Tornato in Italia, molti i festeggiamenti in suo onore da parte di amici e autorità. Quel ragazzo stava portando il nome della città di Manduria in giro per il mondo.

Suo padre, sempre uomo di carattere, lo fissò negli occhi e gli disse: "Figliolo, resta con i piedi per terra".

Dopo qualche settimana dal rientro, molti furono gli articoli scritti a favore di quell'impresa. Tra le mani di Gregory ne finì uno in particolare di un giornalista colombiano che aveva assistito alle gare.

Leggendo, gli tornò in mente il vento improvviso che si presentò sulla linea di partenza. Rabbrividì al pensiero. Il titolo su quel foglio di giornale riportava le parole: *"E' nato il figlio del vento"*

Così da quel giorno Gregory fu battezzato nell'ambito sportivo.

Figlio del vento
sei sul tetto del mondo
La tua umiltà

VII
AMORE E SPORT

I lunghi filari nei ricchi vigneti erano spogli di ogni foglia. In inverno chi lavora le viti dovrà potare i tralci per donare forza alla pianta e renderla produttiva anche nella vendemmia successiva.

Così Gregory cominciò il 1997 recuperando le forze, in vista dei suoi innumerevoli obbiettivi di quell'anno.

Cresceva sempre più ricco di valori e sogni, connubio essenziale per chi vuol raggiungere i grandi traguardi della vita. Quell'anno avrebbe compiuto diciassette anni e il suo bagaglio cominciava a pesare non poco, allo stesso tempo era consapevole di quanto ancora avrebbe potuto riempirlo.

La storia d'amore con Maria Laura necessitava sempre più di attenzioni, che la distanza e la giovane età di entrambi non potevano soddisfare.
La voglia di avere una compagna accanto ogni giorno per condividere gioie e dolori adolescenziali si faceva sempre più forte, ma i due innamorati dovevano attendere per viversi un po'. Una

convocazione di qualche raduno con la nazionale o qualche grossa competizione, solo questi erano i momenti dove i due giovani potevano vivere la loro storia. Troppo poco.

La vita fuori dalle piste per Gregory scorreva tranquilla. Pochi svaghi se non quelli dettati dalle sane amicizie che si era costruito al suo fianco nella sua amata Manduria.

Il suo carissimo amico omonimo Gregory, due anni più grande di lui, condivideva col giovane campione buona parte del suo tempo. Spendeva la sua giornata tra i campi, contadino di professione, la sera si divertiva per le vie di Manduria o altrimenti a casa Duggento, dove i due amici passavano interminate ore ad ascoltare i cd dei Dire Straits. Altra sua passione la pesca, non proprio condivisa dal giovane sportivo, anche se capitava spesso che i due passassero molte ore con la canna in mano sulle rive del mar Jonio. Tra i due era nato un legame fraterno, riuscivano a condividere tutto e a crescere in simbiosi, raccontandosi, ma soprattutto ascoltandosi. Si sostenevano a vicenda in un vero rapporto di amicizia.

Il "grande Gregory", appena presa la patente, invitò l'amico a sfrecciare tra le strade della sua città sulla sua Seat Marbella rossa fiammante. Bastò un niente e i due si trovarono coinvolti in un incidente con un'altra auto che, solo grazie ai riflessi pronti del neopatentato, non finì in tragedia.

Quando a loro si aggiungevano Leonardo e Giovanni, manduriani "*doc*", le ore trascorrevano spensierate e la gioventù era spesa nel migliore dei modi. Nessuno tra loro fumava o esagerava con l'alcool e questo tipo di amicizie hanno sempre aiutato il campione a non perdersi in strade che spesso si possono intraprendere a quell'età.

Grandi pizze cotte nel forno a legna a casa di Leonardo, abile pizzaiolo nonostante la giovane età e feste a suon di musica, alimentavano le serate di questi giovani.

Il campione del mondo aveva in quell'anno cambiato indirizzo scolastico, dall'industriale si era trasferito al liceo scientifico. Date le innumerevoli ore giornaliere di allenamento, l'impegno nei confronti della scuola risultava sempre toccare la sufficienza e non oltre, del resto lui era nato per correre veloce e nutrirsi di vento in faccia, non certo per stare seduto col capo chino a studiare sui libri. I professori erano consapevoli dei sacrifici di quel giovane ragazzo, che sempre più volte si allenava anche la mattina presto prima del suo ingresso a scuola.

Nel primo quadrimestre però, per la prima volta nella sua carriera scolastica, si trovò in pagella un tre in filosofia. Il terrore di affrontare un padre professore si presentò al cospetto di Gregory, i due si sedettero a tavolino ma, da parte di Pino, non giunsero grida ne tanto meno schiaffi.

Il padre fissò dritto negli occhi il ragazzo e, con una calma serafica, gli chiese di andare in camera a prendere il libro di filosofia. Gregory rimase stupito dal comportamento del padre e con gli occhi intimoriti di chi non capisce cosa stia accadendo, corse a prendere il tomo di classe terza. Mai era stato aperto in quattro mesi di scuola, la copertina ancora confezionata dalla pellicola protettiva e le pagine interne lucide e per nulla sgualcite.

"Figliolo, da domani credo che ti converrà consumare un po' questo libro".

Queste furono le uniche parole che fuoriuscirono dalla bocca del padre. Quella lezione così tanto pacata, lo segnò a fondo. Il ragazzo comprese che dalla voce del padre non trapelava alcuna minaccia, ma bensì uno spassionato consiglio, capì che se avesse voluto raggiungere i propri sogni sportivi, di pari passo, non avrebbe potuto compiere arresti nell'ambito scolastico.

La preparazione in vista della nuova stagione proseguiva tra sacrifici e piccoli momenti di normalità adolescenziale.

Quell'anno non si sarebbero svolti i campionati del mondo di categoria Juniores, ma il mirino di Gregory puntava sempre alla competizione più prestigiosa e la maglia azzurra si sarebbe potuta indossare nel campionato europeo. Poco importava se in carriera il titolo continentale era già stato conquistato, il "figlio del vento" aveva fame di vittoria, voleva soddisfare se stesso e in fondo voleva anche rendere orgogliosa la sua città, ma ancor più tutta la sua famiglia. Senza i suoi genitori nulla di tutto questo sarebbe mai accaduto.

Gregory stava diventando sempre più uomo e anche la sua costituzione fisica stava cambiando. L'esile pattinatore stava trasformandosi in un ben più robusto atleta. Spesso doveva stare attento al peso. L'amore per il cibo, come ogni meridionale, era uno tra i suoi più acerrimi nemici. Sfruttava i periodi lontani dalle competizioni per dare sfogo a qualche libertà alimentare in più, libertà alle quali, a fatica, doveva rinunciare in primavera quando la stagione era alle porte.

L'anno scolastico si concluse nel migliore dei modi. Sufficienza in tutte le materie, recuperando anche quel tre in filosofia.

Cominciò l'estate che, con tutti gli impegni sportivi, avrebbe aggiunto altri titoli al palmares del campione. In primis i campionati italiani, sia su strada che su pista, che confermarono la supremazia del manduriano. Giunse poi la convocazione azzurra per i campionati europei, dove Gregory fu insignito del ruolo di capitano della nazionale, ruolo che sfruttò anche per risolvere una spiacevole situazione tra alcuni compagni di squadra.

Nel team della nazionale vi era anche una presenza femminile costante, Annalisa. Una donna che si comportava da madre di tutti gli atleti quando questi erano lontani da casa. A lei si poteva confidare ogni problema ed ogni perplessità, con il suo tatto e la sua dolcezza avrebbe trovato le parole giuste per risolvere ogni problema, di contro, svolgeva anche il ruolo da carabiniere graduato. Nell'ora del coprifuoco in stanza nessuno avrebbe osato sfidarla con fuitine o fughe da una camera all'altra. Una vita dedicata al pattinaggio e all'educazione dei tanti atleti passati sotto le sue ali.

Il campionato europeo si svolse in Spagna, a Pamplona e il "figlio del vento" si proclamò nuovamente campione europeo della sua solita specialità a cronometro, sia in pista che su strada.

Ancora un anno e avrebbe fatto finalmente il suo ingresso nella massima categoria, quella seniores. Categoria dove i campioni sono molti e tutti agguerriti, dove anche i compagni di nazionale possono prendere le sembianze di nemici.

La purezza di quel ragazzo andava però ben oltre questi pensieri, a lui importava correre più veloce di tutti e nient'altro.

Molti tra questi campioni dovettero prendere in considerazione fin da subito il suo nome. Il loro timore era dettato dal fatto che i tempi nella cronometro del manduriano erano molto simili, in alcuni casi migliori, ai loro, nonostante la differenza d'età.

Quel giovane ragazzo era atteso al varco e solo la sua forza di volontà avrebbe potuto salvarlo.

Gli mancava confidarsi con Maria Laura. Il loro rapporto a distanza iniziava a stare stretto ad entrambi. Avrebbe voluto una donna al suo fianco con la quale potersi confidare e condividere ogni istante della sua vita, ma era consapevole che tutto ciò non era possibile.

La stagione agonistica volse al termine. Anche in quell'anno Gregory vinse tutto quello che si poteva vincere, perse solo una gara, quella dell'amore. Entrambi i ragazzi sapevano però che la loro storia era stato uno degli allenamenti più proficui della loro vita.

Anche questo voleva dire crescere.

Di pari passo
l'amore e sport
Solo crescere

VIII
INGRESSO NELL'ARENA

Umiltà ed arroganza convivono sempre nel corpo di un grande campione.

La prima è sempre ben visibile a tutti, in ogni situazione, in ogni incontro e ad ogni esperienza. La seconda, si manifesta solo in alcuni casi, ma soprattutto come auto difesa, senza nuocere a nessuno, se non a chi riempie la propria esistenza con il mantra della cattiveria.

L'addio a Maria Laura era ormai superato.

Cominciò un nuovo anno e, come sua abitudine, il "figlio del vento" gettava le basi per i suoi nuovi traguardi da raggiungere.

Con l'aiuto del grande "Pippo", allenatore ormai consolidato e presente nella sua vita, si affacciava all'ingresso nella massima categoria. Il campione era consapevole che da quel momento in poi avrebbe dovuto resettare tutto e partire da zero.

Nella categoria seniores militavano campioni del mondo, atleti che stavano, ormai da anni, facendo la storia del pattinaggio corsa.

Questa sfida intimoriva Gregory, ma allo stesso tempo la consapevolezza delle sue capacità lo portava ad eliminare questo malsano pensiero ogni volta che si presentava.

Il campione non si limitava ad eseguire esclusivamente il programma d'allenamento. Gli appunti raccolti negli anni erano studiati sempre con più meticolosità. Voleva conoscere tutti i dettagli. Come un attore può passare alla regia, lui stava diventando un abile allenatore, anche se al momento solo di se stesso.

In cuor suo il ragazzo sperava di vestire, già dal primo anno, la maglia azzurra. Una convocazione anche solo come riserva lo avrebbe introdotto nell'olimpo dei grandi.

Arrivò la primavera tra aspettative e sudore.

Avrebbe potuto allenarsi per dieci ore al giorno senza battere ciglio, ma gestire il regime alimentare imposto, diventava sempre più difficile. La sua struttura muscolare possente, i quadricipiti scolpiti e il tronco di grossa stazza lo aiutavano a sprigionare la potenza a terra, ma era consapevole che nella sfida contro il tempo, anche pochi grammi di sovrappeso, potevano fare la differenza.

Le prime gare regionali confermarono la sua supremazia, ma la sfida più attesa sarebbe stata quella di affrontare i *"grandi"* della massima categoria.

Arrivò l'ennesima estate nella famiglia Duggento. Pino, sempre preso tra campi, ripetizioni e insegnamento, Mimmo ormai lontano da casa, scelse infatti di studiare ingegneria a Cosenza, mamma Pina sempre indaffarata a portare avanti la famiglia e Gregory sempre più ore sui pattini.
I genitori erano orgogliosi dei propri figli, entrambi con la testa sulle spalle e cresciuti con i sani principi che lo sport può trasmettere.

Il 22 Luglio del 1998 il "figlio del vento" diventò maggiorenne.
Nella casa al mare di San Pietro in Bevagna venne organizzata una maxi-festa per questo evento. Zia Graziella preparò la torta più grande che Gregory avesse mai visto. Strati di panna e cioccolato accoglievano al centro una piccola scultura di zucchero che raffigurava un pattinatore nella sua massima espressione atletica. Oltre ai parenti stretti non poterono mancare gli amici di sempre e come al solito la musica la fece da padrona.
Durante la festa, tra balli, brindisi e risate, lo sguardo del ragazzo incrociò un altro volto.

Si chiamava Liliana e mai i due si erano incontrati prima d'ora. Tramite amici in comune si era imbucata alla festa e il suo viso dolce, acqua e sapone, fece innamorare nuovamente il neomaggiorenne.

Anch'essa amante dello sport, militava infatti nella squadra di atletica leggera, ma cosa più importante fu che anche lei era di Manduria.

I due cominciarono a frequentarsi. Si vedevano solo un paio di volte alla settimana e, quando erano liberi dalle competizioni, nei week end sfruttavano tutto il loro tempo per conoscersi a fondo. Quel tassello mancante nella vita sentimentale di Gregory era finalmente apparso.

Liliana fu il suo vero primo grande amore.

Con il cuore immerso nella nuova storia d'amore, giunse il tempo dei Campionati italiani su pista, che in quell'anno si svolsero a Padova.

Il tanto atteso confronto con i campioni della massima categoria era arrivato.

Contro ogni aspettativa Gregory riuscì, mettendo a tacere diverse persone, a vincere il suo primo titolo nazionale nella massima categoria, ovviamente nella sua specialità, la 300 metri a cronometro.

Immerso nell'euforia di questo incredibile risultato, la federazione decise di non schierarlo nella rosa degli azzurri che avrebbero partecipato ai campionati europei, ma non poteva ambire a così tanto. Invece sbagliò.

Dopo diverse selezioni nei raduni federali, giunse la notizia più bella dell'anno, almeno fino a quel momento. Nel suo primo anno da seniores vestì la maglia azzurra al campionato mondiale.

Senza perdere le buone abitudini, anche in quell'anno aveva puntato, mirato e colpito il suo obbiettivo. Poco importava se avesse gareggiato o meno, era entrato, anche se in punta di piedi, nell'olimpo dei grandi.

Tornare a Pamplona, questa volta però per la massima competizione, riaccese ricordi recenti. Solo un anno prima, al campionato europeo Juniores, per ben due volte era salito sul gradino più alto del podio, ma questa sarebbe stata tutta un'altra storia.

La ciliegina sulla torta sarebbe stata quella di essere schierato, anche solo come gregario, almeno in una prova.

Cominciarono le gare in pista e Gregory passò il suo tempo in tribuna. Era spettatore di quel mondo che lentamente avrebbe conquistato. Di questo ne era certo.

La punta di diamante nella rosa dei velocisti azzurri, nonché detentore del record mondiale, quell'anno era Ippolito Sanfratello, grandissimo atleta, nato a Piacenza, classe 1973.

Nella prova a cronometro su pista Ippolito non riuscì però a confermare il titolo di campione del mondo. Altro tassello importante nella rosa dei velocisti italiani, Alessandro Cantarella. Figlio del grande "Pippo", anche lui in terra spagnola non eccelse nella stessa specialità.
Gregory osservava ogni passo ed ogni gesto di quei grandi campioni. Aveva una teoria ben definita sulla 300 metri a cronometro: *"vince chi osa di più e sbaglia di meno"*.
Può sembrare una teoria banale, ma da mettere in pratica è cosa difficile, soprattutto ad un campionato del mondo.

La sera tutti gli atleti tornarono in albergo. Gregory fu convocato in camera del commissario tecnico Martignon e Giulio Ravasi:
"Domani andrai a testare il circuito stradale" - Queste le uniche parole che fuoriuscirono dalla bocca del mister.

Gregory non prese bene quella notizia. Avrebbe preferito stare in tribuna a rubare trucchi del mestiere, piuttosto che essere sfruttato per testare le ruote, questo era convinto dovesse fare.

Il circuito stradale non era tra i più lineari nella storia dei circuiti mondiali. Gregory si armò della sua professionalità ed eseguì al meglio la richiesta del coach. Qualche test per trovare la durezza giusta delle ruote e poi il test sui tempi. Gregory partì in contemporanea al gesto del coach Ravasi che schiacciò il tasto del suo cronometro. Meno di mezzo minuto dopo quel tasto fu premuto nuovamente, bloccando il tempo impresso sul piccolo display.
Non trapelò nulla dalla bocca dell'allenatore, ma gli occhi si sa, spesso parlano più delle parole. Dallo sguardo di Giulio Gregory cominciò a nutrire qualche speranza di gareggiare.

Il campionato del mondo su pista terminò con le consuete gare sulla lunga distanza e con Gregory ad osservarle in tribuna.

Il ragazzo rimise ai piedi i pattini nell'allenamento del giorno di riposo dalle gare, mentre tutte le nazionali studiavano tattiche e formazioni.

La sera una nuova convocazione in camera di Martignon. Questa volta la sua mano, nell'aprire la maniglia della porta, tremava nervosamente. Rimase in piedi e ascoltò quella voce:

"Domani gareggerai a cronometro".

Il giovane atleta trattenne la gioia e rispose: "Sempre pronto Mister".

La tensione quella sera nel letto fece capolino, ma come spesso accadeva, le parole di papà Pino risuonavano dentro le sue orecchie: "Sai cosa devi fare figlio mio, tu lo sai."

Questa notizia non fu presa del tutto bene da qualche compagno di nazionale. Fu a questo punto che Gregory mise in campo la sua umiltà mista arroganza. Più gli venivano inflitte frecciatine e più lui avrebbe risposto a tutto ciò in pista.

Sveglia presto, colazione e subito sul circuito. Tutto era pronto, la musica dei Cranberries scandiva il respiro del manduriano, riscaldamento e uno sguardo alla lista di partenza. Sarebbe stato uno dei primi.

Ancora due atleti, quando il vento si alzò improvvisamente. Gregory non si fece spaventare, ma si rilassò. Era come se quel vento fosse arrivato per salutare suo figlio, del resto i precedenti in quella stessa situazione avevano solo portato bene al nostro atleta.

Il suo turno era arrivato, una sistemata al casco e una stretta ai cricchetti dei pattini. Il vento svanì dando il suo benestare. Ogni pensiero fu spento e la potenza venne sprigionata in un tempo bassissimo. Gregory osservo il display e incredulo lesse. Pochissimi centesimi lontano dal record del mondo di Ippolito Sanfratello, ora c'era solo da attendere e sperare.

Arrivò il turno di Cantarella che concluse la sua prestazione pochi decimi dietro Gregory. Mancavano solo due atleti e la gioia si impossessò del manduriano, sarebbe salito sul podio, quanto meno un bronzo lo avrebbe portato a casa, ma il suo sguardo si distolse dal display solo al termine della prova dell'ultimo atleta in gara.

Il figlio del vento nel suo primo anno nella categoria Senior si proclamò campione del mondo nella 300 metri a cronometro e per lo più con un tempo vicinissimo al record del mondo, 24"43 contro i 24"41 di Sanfratello.

Il suo rientro in patria fu accolto dalle ormai solite manifestazioni di riconoscimento da parte delle amministrazioni locali. La città di Manduria ancora una volta primeggiava nel mondo.

Papà Pino era consapevole di quanto ancora il suo giovane ragazzo avrebbe potuto dare a quello sport, lo fissò negli occhi e disse:

"Ora il difficile sarà riconfermarsi".

Sta dentro di te
umiltà, arroganza
Sei un campione

IX
NUTRIRSI D'ISTINTO

Essere campioni non significa esclusivamente vincere titoli e conquistare record.

Il palmares è cosa da targhe e da articoli di giornale, ma essere campioni è vivere in un complesso sistema psico-fisico. Ascoltare il proprio istinto è cosa indispensabile per incidere il proprio nome nella storia dello sport.

Vincere senza alcuna personalità ti porterà ad essere presto dimenticato, ma se alla vittoria riesci ad aggiungere anima, sarai immancabilmente ricordato e il tuo nome farà da eco alle generazioni di atleti successive.

Questo significa essere campioni.

Il 1999 non cominciò nel migliore dei modi.

Molti i dubbi ad insinuarsi nella testa del ragazzo e gli allenamenti che "Pippo" continuava ad inviare non lo convincevano del tutto.

Quando si raggiunge l'apice, paradossalmente, diventa difficile gestire persino questa supremazia. Le domande diventano una costante nella propria mente e le risposte faticano a venire. Trovare il giusto equilibrio diventa cosa sempre più complicata.

Nello stesso anno anche il traguardo della maturità doveva essere raggiunto. Le ore d'allenamento sempre più frequenti e i soliti ambiziosi obbiettivi da inseguire, complicavano maggiormente la vita di Gregory, ma la passione lo aiutava a reggere il colpo. La storia d'amore con Liliana proseguiva invece nel migliore dei modi. Riuscivano a viversi immersi nel sentimento puro e intenso della loro età. Tra un allenamento e l'altro aumentava la loro complicità e Gregory viveva intensamente la magica storia d'amore che aveva sempre sognato.

Le gemme di vite stavano spuntando dalla corteccia e, nella sua meravigliosa ciclicità, la natura aprì le porte ancora una volta alla primavera. Qualcosa non quadrava e le sensazioni del "figlio del vento" continuavano ad essere offuscate. Era consapevole che riconfermarsi sarebbe stato sempre più difficile ma, insieme ai dubbi, stava acquisendo anche maggior sicurezza.

Una stagione agonistica si prepara a tavolino, minuziosamente e stando attenti ad ogni dettaglio. Il percorso da intraprendere durante l'anno è segnato da tappe prefissate e purtroppo dai soliti imprevisti che vanno sempre messi in conto.
Giunse anche il giorno dell'esame di stato.

Con il pensiero fisso all'imminente campionato italiano di Ferrara, Gregory riuscì a diplomarsi con la media del sette.

La competizione nazionale avrebbe messo alla prova le capacità del campione, sicuramente quelle caratteriali. Doveva provare a riconfermare il titolo.
I soliti riti scaramantici, ed il cronometro partì. La sua prova fece segnare un parziale mai visto nei primi cento metri, 8"99, ma le sensazioni negative non volevano abbandonarlo. Nonostante questo, tornò a casa conquistando il gradino più alto del podio e vestendo la maglia tricolore.

Il ragazzo faticava a terminare la distanza, si rendeva conto di avere un calo di velocità mai avuto prima negli ultimi cinquanta metri, ma nonostante questo continuava a vincere.

Archiviati i campionati italiani, il solito mirino puntava dritto verso il campionato europeo, in quell'anno organizzato nella città belga di Ostenda.
Mancò di pochissimo la vittoria, conquistando due secondi posti. Fu comunque il miglior velocista tra l'italiani.

Il rientro a casa non fu cosa semplice da gestire per un ragazzo di diciannove anni.

Sui circuiti di gara l'unica voce che veniva amplificata dagli addetti ai lavori era sempre la stessa:
"E' finito. Non vincerà più niente se non a livello regionale"

Le sensazioni stavano trasformandosi, lentamente ed una alla volta, in triste realtà.
La rabbia in Gregory prese il sopravvento confermando il suo malessere iniziale.

Il posto in nazionale per i campionati del mondo non era per niente assicurato. Era il campione iridato in carica, ma la realtà sembrava distorta.
La conferma a tutte le sue paure giunse con la convocazione ad un raduno, e per di più in una delle piste che amava di meno, quella di Civitanova Marche.
Nei test svolti nessun tempo fu comunicato agli atleti da parte dello staff. Si respirava tensione e omertà da parte di tutti, almeno questo percepiva Gregory e si convinse, inoltre, del fatto che i nomi della rosa azzurra erano già stati decisi e che il suo non fosse presente tra questi.

Pochissimi giorni dopo si sarebbe svolto un meeting a Padova dove ogni atleta del mondo avrebbe potuto provare a conquistare il record sui cento e trecento metri a cronometro.

Con la rabbia in cuore di chi era convinto di essere stato escluso, Gregory comunicò telefonicamente al padre che sarebbe partito per Padova. Pino comprese che qualcosa stava andando storto e provò a convincere il figlio a tornare subito da Civitanova Marche per continuare in tranquillità la preparazione al mondiale, ma il ragazzo era testardo quanto lui.

Riuscì a trovare un passaggio e un alloggio nella città veneta grazie ad altri pattinatori e con sole cinquantamila lire in tasca si preparò mentalmente a questa sfida. Sentiva il dovere morale di levarsi qualche sassolino dalle scarpe e di zittire, soprattutto, quelle voci che lo davano per finito, anche perché giunse la conferma della sua esclusione dalla rosa azzurra.

Il campione del mondo in carica non avrebbe potuto difendere il titolo.

La prima prova fu quella sui 100 metri, distanza anomala in quanto non presente nelle competizioni ufficiali. La rabbia accumulata si adagiò sulla solita serietà e concentrazione presente prima di ogni gara. Strinse i cricchetti e con un urlo che durò 10"56 conquistò il record mondiale. A lui non bastava. La sua ira aumentò e il giorno seguente si presentò sulla linea di partenza per i 300 metri. Ogni sentimento contrastante fu steso sull'asfalto di Prato della Valle con una violenza mai provata prima.

Tutto questo durò soli 24"15. Il "figlio del vento" segnò il nuovo record del mondo anche su questa distanza.

La notizia giunse rapidamente in federazione. Le reazioni, di qualsiasi tipo, ci sarebbero sicuramente state, ma si doveva solo attendere per capire quanto sarebbero potute cambiare le cose.

Tornato a Manduria Gregory inizialmente cominciò a pensare che non avrebbe accettato la convocazione, qualora questa fosse arrivata, ma questa idea svanì quasi subito. A lui interessava solo gareggiare per vincere e così avrebbe fatto.

Tutto il clamore appositamente sollevato aveva dato i suoi frutti.

Un telegramma di poche righe da parte della federazione giunse a casa Duggento. Gregory era stato nuovamente inserito nella lista dei partecipanti al campionato del mondo. Lo stesso diceva anche che il ragazzo non sarebbe potuto partire con l'intera delegazione perché, visto il cambio di programma, non si erano trovati biglietti sullo stesso volo.

La rabbia salì nuovamente.

Avrebbe dovuto viaggiare da solo fino a Santiago del Cile perché non era stato preso in considerazione sin da subito. Questo pensiero non voleva abbandonare affatto la sua mente.

E se non avesse deciso di andare a Padova? L'istinto ancora una volta gli aveva dato ragione.

Queste emozioni contrastanti sfociarono in un forte calo fisico che lo portarono a contrarre un virus influenzale a solo una settimana dalla partenza.

Febbre e antibiotici per tre giorni intaccarono la sua forma fisica.

Fu un viaggio complicato. A diciannove anni volare da solo, con i pensieri a farti compagnia e una debilitazione fisica, fu una grande lezione di vita.

Raggiunta la squadra, Gregory si mise subito al lavoro, ma il jet lag e gli strascichi dell'influenza portarono il campione alla prima prova su pista a conquistare solo un bronzo.

La tensione in casa azzurri era elevatissima. Le solite gelosie tra atleti si respiravano nell'aria, ma il ragazzo aveva imparato ormai a gestire emotivamente tutte queste situazioni.

Chiese di cominciare a provare in anticipo il circuito stradale e così, con il vento in faccia ad ogni allenamento, lentamente svanirono tutte le brutte sensazioni accumulate.

La prova su strada si presentò al cospetto di Gregory con tutta l'adrenalina del caso e sulla linea di partenza ogni pensiero svanì dalla sua mente. Le gambe cominciarono a muoversi e la potenza sprigionata in quel breve tratto di strada fu visibile agli occhi di tutti.

Con un tempo vicinissimo al suo primato di Padova, a Santiago del Cile, Gregory Duggento confermò quello che c'era da confermare.

Pianse molto, più del solito, e in quelle lacrime prevaleva il sapore del riscatto.

Rientrato in Italia, prima di staccare per un breve periodo, analizzò tutto ciò che aveva provato in quell'anno. Senza alcun astio scrisse una lettera al suo allenatore "Pippo" dove gli veniva chiesto di togliere il tesseramento dalla sua società sportiva.

Quella lettera non ricevette mai risposta, ma le richieste dell'atleta vennero accettate tutte senza vincoli.

La scelta di proseguire parallelamente sport e istruzione, lo portarono a scegliere la facoltà di ingegneria chimica di Cosenza, la stessa che stava frequentando suo fratello Mimmo.

Proprio nella città calabrese conobbe Leopoldo Fascetti. Un nuovo coach. Così avrebbe riportato il campione verso la strada più giusta per continuare la sua gloriosa carriera.

Gregory rimase sorpreso dal metodo di lavoro del nuovo allenatore e la sua sete di conoscenza venne soddisfatta da innumerevoli test fisici e visite mediche. Si aprì un mondo dentro il quale si trovava a suo agio e i suoi appunti, sulla metodologia d'allenamento, cominciavano ad essere sempre più preziosi.

I corsi universitari cominciarono e le sensazioni positive sui pattini stavano tornando, unica pecca il rapporto con Liliana. Nuovamente la vita lo stava portando a gestire un rapporto a distanza ed era consapevole di quanto sarebbe stato complicato mantenere viva quella storia d'amore. I primi litigi non tardarono infatti ad arrivare.

Con questo stravolgimento di vita si concluse anno e millennio. Il 2000 entrò dirompente nella vita di tutti.

Due esami all'università bastarono per comprendere che Gregory mai sarebbe diventato un ingegnere chimico.

Il rapporto con Leopoldo si faceva sempre più stretto e le sensazioni che aveva sui pattini erano tornate pulite, in realtà mai provate, ma tutte positive. Quelle dettate dall'amore, invece, sempre più confuse.

Seguendo nuovamente il suo istinto, come previsto, abbandonò la facoltà di ingegneria chimica e con essa Cosenza. Non abbandonò però il suo preparatore atletico che avrebbe continuato a seguirlo anche a distanza.

Scienze motorie fu il nuovo indirizzo universitario prescelto, del resto il suo pane era stato quello fin da bambino. Anche Liliana, dopo la maturità, avrebbe scelto la stessa facoltà e i due sarebbero stati nuovamente vicini.

Nuovi titoli italiani e due titoli europei conquistati a Latina. In quell'anno però un altro traguardo, la convocazione ai campionati del mondo Seniores nuovamente in Colombia. Ancora una volta a Barrancabermeja, dove tutto era cominciato.

Nell'autunno del 2000 gli sembrò di vivere un déjà-vu. Stesso calore dei tifosi colombiani, stessa umidità e calura, ma soprattutto stesso risultato. Due titoli nella 300 metri a cronometro, il primo su pista e il secondo su strada. Quest'ultimo però entrò non solo nella storia personale del campione pugliese, ma entrò di diritto nella storia del pattinaggio a rotelle velocità. Il primo atleta di sempre ad abbattere il muro dei ventiquattro secondi. Con il tempo di 23"68, infatti, distrusse il suo stesso record ottenuto a Padova l'anno precedente.

La stagione si concluse nel migliore dei modi grazie soprattutto al suo istinto.

La storia l'aveva scritta, ma lui vedeva ancora tante pagine bianche da riempire.

Il tuo nemico
paura e te stesso
Il cambiamento

X
RICOMINCIAMO

La vita di un atleta ad alti livelli è molto strutturata e, spesso, può dipendere dalle figure che gli si trovano accanto. La programmazione di una stagione risulta essere lavoro minuzioso, dettato dall'impegno di diverse figure professionali. Preparatori atletici, medici sportivi, sponsor, ma anche più semplicemente compagni di squadra e rapporti personali, possono fare la differenza spostando l'ago della bilancia di un'intera stagione da una parte piuttosto che dall'altra.

All'atleta l'ardua sentenza di selezionare l'intero staff che ruota intorno a lui. Gregory era riuscito così a percepire quando e come avrebbe dovuto cambiare le cose.

Il 2001 cominciò infatti stravolgendo buona parte della solita routine.

Si trasferì a L'Aquila dove si iscrisse alla facoltà di scienze motorie. Mantenne viva, visto il rapporto creatosi, la collaborazione con Leopoldo Fascetti che, a distanza, continuava a mandargli programmi di allenamento ricchi di test medici e fisici, arricchendo la sua curiosità sull'argomento.

Nel capoluogo abruzzese era presente da molti anni la società sportiva C.P.G.A. (Centro Polisportivo Giovanile Aquilano), coach di questa Mario Miconi.

Mario era un allenatore preparatissimo e già conosciuto nell'ambito del pattinaggio corsa, soprattutto era capace di gestire atleti ad alto livello in modo eccellente.

Nel 1999, quando Gregory con la rabbia in corpo segnò il primato mondiale al meeting di Padova, fu proprio Miconi ed avvicinarsi all'atleta e con orgoglio quasi paterno gli disse: "Ora sì che hai messo in ginocchio la federazione", parole che gli diedero la conferma che, quantomeno, la rivincita morale se l'era presa. La storia proseguì come conosciamo nel migliore dei modi.

L'allenatore aquilano offrì a Gregory la possibilità di avere vitto e alloggio pagato in cambio del suo tesseramento nella propria società, possibilità che, ovviamente, colse al volo. Il prestigio di avere un campione di quella portata in squadra non era certo cosa da poco.

Nella città aquilana vi era una pista, la stessa tipologia dove ormai da anni il campione era solito imporre la sua supremazia nelle competizioni internazionali, ma anche un'altra pista sopraelevata coperta che gli avrebbe permesso di allenarsi senza alcun problema nei rigidi giorni aquilani, all'interno di essa vi era una piccola pista piana che gli ricordava molto quella di venti metri per quaranta realizzata agli esordi a Manduria grazie ai sacrifici di tutti i genitori della società tarantina.

Mario, con il suo carisma, nei primi allenamenti mandò subito in pista piana Gregory.

Era solito sostenere che al pluricampione del mondo, mancasse moltissima tecnica e così, insieme ai piccolissimi pattinatori alle prime armi, il "figlio del vento" si armò della piena umiltà che era presente in lui e si allenava anche su esercizi base.

La sua sensibilità lo portava a fidarsi di quell'uomo e poi tutto stava andando per il meglio, il ragazzo era finalmente sereno e, senza figure negative attorno, poteva continuare ad inseguire i propri sogni.

Anche Liliana raggiunse L'Aquila e si iscrisse come da programma nella stessa facoltà. I due pur non vivendo sotto lo stesso tetto erano felici. La distanza, ancora una volta, era stata cancellata e tra un allenamento e un altro, viaggi, competizioni e raduni con la nazionale, portavano avanti con passione anche la loro relazione sentimentale.

Spesso Liliana gli passava gli appunti delle lezioni, alle quali Gregory non poteva assistere per i suoi programmi di allenamento da seguire e, sempre grazie a lei, riuscì a dare i primi esami di quello che sarebbe stato un lungo percorso di studio.

Tra tanti volti nuovi, in questo anno di cambiamento, entrò a far parte nella vita del campione la famiglia Castellani.

Tra i suoi compagni di squadra vi era Claudio, giovane ragazzo ammaliato, come tutti del resto, dalla potenza e dalla velocità del campione. Ad ogni allenamento apprendeva sempre qualcosa dal suo nuovo idolo. I genitori di Claudio, Maria Rita e Piero, divennero due figure importanti nella parentesi Aquilana di Gregory, quasi fossero la sua seconda famiglia. Sempre pronti ad aiutare il salentino, spesso lo invitavano a casa per cena.

Il rapporto tra Claudio e Gregory crebbe col passare del tempo, gli stava accanto in ogni situazione, anche quando a causa di una caduta, il giovane pattinatore subì un duro intervento dove gli fu ricostruito mezzo braccio.

In ogni contesto Gregory si stava costruendo legami sinceri, anche nell'ambito della nazionale dove gelosie e politica spesso potevano complicare le cose. Alessio Gaggioli, altro grande campione sardo e velocista della nazionale, presto divenne un suo carissimo amico. Spesso dividevano le camere d'albergo insieme e il loro legame diventava ogni anno più forte.

In realtà Alessio conobbe Gregory molti anni prima e ciò accadde tramite le parole del fratello Mimmo. Nel 1990 Alessio e Mimmo erano le due fuoriserie agli ordini di Pippo Cantarella, in quel frangente Mimmo parlava continuamente di quel fratello minore che -*Presto farà strada*- così era solito dire. Solo due anni più tardi i due s'incontrarono ad un campionato italiano e, su quella pista, Alessio dovette dare ragione alle parole del suo amico Mimmo, ma fu nel primo anno di categoria Seniores che i due si trovarono a competere l'uno contro l'altro.

Vedere Gregory trionfare strappò un sorriso al campione sardo. La sua passione la viveva come felicità pura. Da lì in poi una strada percorsa insieme, non solo sui pattini ma come spalla sulla quale appoggiarsi ad ogni evenienza e la cosa era reciproca. Le loro lunghissime chiacchierate notturne facevano crescere quei due atleti che continuavano ad inseguire i propri sogni.

Alessio vedeva Gregory come la forza del mare, il vento che increspa le onde e che profuma vigneti e uliveti, era fiero di lui, nonostante in pista fosse un avversario.

La tecnica migliorava a vista d'occhio grazie a Mario e la forma fisica grazie a Leopoldo. Quel ragazzo non era affatto finito, anche se le nuove leve cominciavano a fare capolino nell'ambito delle competizioni.

Le prime gare dell'anno diedero ragione a tutto il suo staff, la rotta era nuovamente quella giusta e lui continuava a percorrerla trasudando passione.

In quell'anno si riconfermò campione nazionale nella sua specialità a cronometro, sia su strada che su pista e vestì nuovamente la maglia azzurra partecipando i campionati europei che si tennero in Portogallo.

A confermare che la rotta sarebbe dovuta proseguire in quella direzione, fu un inaspettato titolo europeo, conquistato per la prima volta in carriera anche nella 500 metri sprint su strada. Ovviamente non si fece mancare i titoli a cronometro, su strada e su pista.

L'estate fu riempita anche da un viaggio insolito.

Era stato selezionato dalla federazione per partecipare ai World Games, evento destinato a tutti gli sport non presenti nell'elenco olimpionico.

Con gli occhi incantati atterrò così nella città di Akita in Giappone. Quella cultura lo aveva sempre affascinato ed ora era lì a viverla, il suo desiderio espresso su quel traghetto per la Sicilia da bambino, si stava realizzando ogni anno di più. Quasi fosse ormai tutto scontato, questa trasferta fu incoronata dal primo posto nella competizione.

Il palmares si stava arricchendo.

A settembre la delegazione partì per la Francia alla volta del campionato del mondo, dove si riconfermò campione sulla 300 metri a cronometro su strada.

Gregory non era solito contare il numero dei titoli conquistati a fine stagione, ma quella volta si fermò a pensare a quanto fosse stato capace di gestire la situazione emotiva, a quanto era stato bravo a tralasciare ogni cattiveria e gelosia da parte di tutto il mondo esterno.

Stava crescendo anche sotto quel punto di vista e il mondo intero se ne stava rendendo conto.

Nel 2002 la vita universitaria proseguiva parallela a quella sportiva. Esami e allenamenti venivano effettuati con la massima serietà.

La cosa difficile per un campione è mantenere il livello alto. Le aspettative dell'atleta ed anche quelle delle altre persone son sempre tante, ma la passione in quel ragazzo sembrava non cessare mai, voleva vincere ancora molto, voleva lasciare quel benedetto segno, che solo pochi al mondo riescono a lasciare.

In quell'anno, nulla nella sua preparazione atletica venne sostituito, confermando così il suo primato. Due titoli italiani con un record del mondo su strada, 23"65, non omologato in quanto realizzato in una competizione non internazionale, due titoli europei a cronometro a Valence d'Agen in Francia e un nuovo titolo mondiale ad Ostenda in Belgio dove ad incoronare l'impresa ci fu l'omologazione del suo terzo record del mondo. Vinse infatti su pista con il tempo di 24"72.

In quell'anno la federazione spingeva molto a pubblicizzare in Italia lo sport del pattinaggio corsa e al "figlio del vento" capitò anche l'occasione di partecipare a diversi programmi televisivi.
"Striscia la Notizia", "Buona Domenica" e "Numero Uno" sulla Rai, diedero a Gregory ulteriore visibilità. Quel piccolo "palla di gomma" era riuscito ad arrivare anche in televisione, ma le parole di papà Pino colme di saggezza, risuonavano nelle sue orecchie come un mantra: "Non montarti la testa" e lui non aveva proprio intenzione di farlo.

Ricominciamo
tra il vecchio e nuovo
Va sempre meglio

XI
QUANDO BUSSA IL DESTINO

Quando si cresce con dei legami forti, la distanza fisica viene sicuramente sopportata in miglior modo. Anche se lontano da casa, Gregory viveva le sue giornate accompagnato dai valori che la propria famiglia aveva coltivato in lui.

Stava crescendo e si stava rendendo conto di quanto il suo successo fosse arrivato grazie all'amore di tutta la famiglia. Il tempo speso da papà con i suoi infiniti lavori, i chilometri di mamma, le lezioni di vita di Mimmo, fratello saggio che, una volta dimenticate le partite a pallone, gli aveva insegnato molto sul mondo del pattinaggio, tutto questo, insieme, gli aveva dato la possibilità di poter essere chi era.

Da anni ormai sul tetto del mondo, quel ragazzo non aveva assolutamente voglia di fermarsi, anzi.

L'Aquila era diventata casa, anche se il cuore batteva forte per la sua amata Manduria. Non vi era giorno che non pensasse alla sua terra, agli ulivi che fioriscono in primavera e alle vigne che da sempre scandivano le stagioni della propria famiglia.

In qualsiasi posto nel mondo si trovasse riusciva ad associare i profumi alla sua città, mentre l'unico che inebriava la sua anima solo ed esclusivamente a casa, era quello del mosto. Quel sentore era considerato patrimonio dell'umanità e poteva e voleva goderne solo contornato dai propri affetti.

Iniziò anche il secondo anno di università. La storia d'amore con Liliana cominciava a vacillare tra alti e bassi. Amicizie diverse nell'ambito universitario e l'impegni sempre più frequenti di Gregory, stavano allontanando le due anime. Le uniche certezze nella mente del campione rimanevano sempre e solo gli obbiettivi sportivi.

A Manduria Pino e Pina vivevano la loro vita nella semplicità del paese, ma sereni e consapevoli di quanto bene avessero tirato su i loro figli. Mimmo proseguiva l'università a Cosenza e anche il piccolo sembrava avesse trovato la facoltà giusta.

In quell'anno, nel 2003, Pino decise di portare a termine il suo ultimo quinquennio scolastico nelle vesti di professore. In realtà sarebbe potuto andare in pensione già da diverso tempo, ma non era certo tipo da lasciare le cose a metà, mai avrebbe abbandonato i propri allievi prima della maturità. Lui insegnava, ma educava anche e sapeva benissimo che l'educazione è cosa che non può essere interrotta, del resto l'amore per quel lavoro lo aveva spinto da sempre a passare un'infinità di ore con i propri ragazzi, tra scuola e ripetizioni. Viveva colmo di passione, esattamente come Gregory, del resto la mela non cade mai lontano dall'albero. Gli acciacchi di una vita tra i campi e nell'ambito scolastico cominciavano a farsi vivi, anche la miopia che lo perseguitava da sempre cominciò a peggiorare fino a trasformarsi in glaucoma.

I campionati europei si sarebbero svolti a Padova e lui, che mai aveva visto il figlio indossare la maglia azzurra in una competizione internazionale, aspettava con ansia l'arrivo di quel momento.
Gregory era entusiasta e non vedeva l'ora di ripagare tutti gli sforzi del padre con la conquista dell'ennesimo titolo europeo. Ad ogni allenamento la sua mente proiettava l'immagine di lui sul gradino più alto del podio e di fronte il padre, orgoglioso, con il volto colmo di lacrime di gioia.

Ce l'avrebbe fatta. Il mirino era puntato dritto verso l'ennesima sfida da affrontare.

Come sempre ad aprire le più importanti competizioni dell'anno i campionati italiani, dove

Gregory si aggiudicò due titoli a cronometro, riconfermandosi campione in carica.

Il programma d'allenamento era seguito in modo regolare e il suo staff lavorava sulla sua preparazione in modo armonioso. Si prospettava l'ennesimo anno colmo di successi.

In estate però la situazione fisica di Pino si stava complicando. Il glaucoma cominciò a rendergli la vita difficile, fino a portarlo a non vedere quasi completamente da un occhio.

Gli furono prescritte cure importanti e si mise in lista per sottoporsi ad un'operazione chirurgica al cristallino. L'operazione sarebbe stata complessa e con rischi elevati, tra i tanti, la possibilità di perdere completamente la vista.

La preparazione verso il campionato europeo si stava affinando e la potenza del campione era pronta per essere scaricata in pista. Tutto proseguiva come da programma.

A pochi giorni dalla partenza, date le condizioni di Pino che stavano peggiorando, la famiglia dovette prendere la difficile decisione se intraprendere il viaggio verso Padova o meno.

Pino tese la mano a sua moglie e con la sua contraddistinta fermezza disse: "Andiamo a Padova a vedere Gregory, perché questa potrebbe essere l'ultima volta che lo vedrò sfrecciare sui pattini".

Il campione non deluse le aspettative. Salì per ben due volte sul tetto d'Europa e per ben due volte, davanti a lui, il padre orgoglioso piangeva di gioia.

A settembre Gregory, dopo aver dato un altro esame all'università, decise di proseguire a Manduria la sua preparazione per il campionato del mondo. Sarebbe riuscito così a stare vicino ai genitori, che sempre più necessitavano di assistenza.
Due mesi di allenamenti intensi nella propria terra e poi, a novembre, il Venezuela avrebbe accolto l'ennesima sfida mondiale del "figlio del vento".

Dettare i tempi nella preparazione fisica è importante per raggiungere lo scopo, ancor più se si pensa che un velocista, per solo ventiquattro secondi di gara, si prepara un anno intero.
Purtroppo, il fantomatico imprevisto si palesa quando meno te lo aspetti. Il destino fluttua nelle nostre vite senza bussare, cambiando molto, a volte tutto, di ciò che avevamo programmato.
Era il 15 ottobre quando Gregory e sua madre trovarono il padre seduto in corridoio con il volto graffiato e sporco di sangue. Raccontò di essere caduto in cantina e, mentre veniva curato, si rivolse

con voce tremolante al figlio: "Cos'è questo rumore assordante?".

Il ragazzo comprese la situazione. Tranquillizzò il padre rispondendo che quel rumore proveniva dalla strada. "Sarà sicuramente un trattore" - rispose improvvisando. Nessun trattore passò in quel momento e ancor meno nessun rumore assordante proveniva dalla strada. Solo gli uccellini cantavano beati, mentre Gregory ordinò alla madre di chiamare urgentemente un'ambulanza.

I soccorsi giunsero e Pino venne rapidamente trasferito al pronto soccorso della stessa città.

Venne ricoverato con codice rosso e per Gregory e Pina cominciò il calvario dell'attesa. Mimmo fu avvisato e subito lasciò Cosenza per raggiungere il resto della famiglia.

Dopo qualche ora, Pina entrò in stanza per cambiare gli abiti al marito, questo infatti non muoveva buona parte del corpo e la mente era lucida a tratti. La rabbia, l'orgoglio e la dignità di un uomo che si trova in quelle situazioni può farlo reagire in malo modo, anche nei confronti della persona a lui più cara. La moglie fu cacciata dalla stanza. Gregory si avvicinò al padre e parlandogli con calma riuscì a vestirlo.

Il sole aveva lasciato spazio alla luna in quella brutta giornata e giunse anche l'esito della tac e come previsto tutte le paure vennero confermate.

Pino perdeva sempre più coscienza e fu trasferito la sera stessa all'ospedale di Taranto. Un ulteriore tac diagnosticò un'emorragia cerebrale importante e solo un'operazione d'urgenza lo avrebbe fatto continuare a vivere. Il rischio però poteva essere elevato, si parlava addirittura di una probabile infermità che sarebbe potuta durare anche fino all'ultimo dei suoi giorni.

Una scelta così difficile poteva essere presa solo ed esclusivamente da Pina, qualsiasi cosa avesse deciso, i figli l'avrebbero accettata.

"A costo di accudirlo per anni, acconsento all'operazione" -Queste furono le uniche parole che uscirono dalla sua bocca.

Gregory e Mimmo abbracciarono la madre, scoppiando in un lungo e disperato pianto. Mai avrebbero pensato di trovarsi ad affrontare una simile situazione.

L'operazione fece terminare quel maledetto 15 ottobre. Pino era entrato in coma.

Nel silenzio della sala d'attesa, Gregory, tra una preghiera e un'altra, non faceva altro che domandarsi il perché di tutto questo. Aveva sempre visto suo padre come uomo forte, buono e credeva che uomini di quel calibro non meritassero tutto questo.

Cominciarono i giorni più lunghi per la famiglia Duggento. Ore e ore a parlare al loro amato non ricevendo risposta alcuna.

La terapia intensiva è un luogo orribile. Le regole ferree alle quali sottostare allontanano ogni tipo di gesto umano, ma quella è vista come ultima spiaggia e si sopporta tutto maggiormente.

L'autunno era inoltrato e niente odore di mosto tra i corridoi dell'ospedale.

Una sera si udirono voci nel corridoio del reparto, Pina e i figli aprirono la porta della stanza e si trovarono davanti una gradita sorpresa, erano gli studenti del professore. Una ragazza piangeva disperata ed altri si tenevano mano nella mano. Quel gesto fu importante per tutti. Fece capire quanto amore e passione riusciva a trasmettere Pino nel proprio lavoro e, nella disperazione del momento, donò ai suoi familiari un po' di serenità.

Mancava ormai poco alla partenza per il sud America e il suo campionato del mondo. Gregory prese una drastica decisione, ma prevedibile. Comunicò alla federazione che avrebbe saltato la competizione per gli ovvi motivi. Mimmo non prese bene questa scelta del fratello, rinchiuse Gregory in una stanza del reparto ospedaliero e, in una lunga discussione tra i due, spiegò che il padre non avrebbe accettato nulla di tutto questo. Pino avrebbe voluto che Gregory partecipasse in ogni caso, perché le cose si affrontano con caparbietà, anche quelle più brutte, questo aveva insegnato a loro.

Poche ore dopo il ragazzo contattò la federazione comunicando la sua nuova volontà.

Con il padre in coma ormai da settimane e uno stato d'animo non dei più adatti ad affrontare una competizione di quel calibro Gregory si trovò in Venezuela.
Le telefonate a casa erano di rito, la speranza di avere una notizia di miglioramenti era sempre presente in lui.

Cominciarono le gare e, come di consueto, per prime quelle su pista.
Con la solita musica nelle orecchie provava a concentrarsi per i 300 metri a cronometro. Questa volta fu difficile eliminare i pensieri, quasi impossibile. A peggiorare la situazione, visto il poco "grip" che la pista offriva, anche qualche problema fisico agli adduttori.
Venne chiamato alla partenza, ma trovarsi in quella situazione questa volta era veramente difficile.

Sentiva che troppi dettagli non si trovavano al posto giusto. Come dargli torto?

Mosse il primo passo e con esso il cronometro partì. Giunse al traguardo assente. Nessuna emozione toccava l'anima di quel ragazzo.

Chiuse la sua competizione con un secondo posto. Meglio di così non avrebbe potuto fare e aveva dimostrato comunque di essere un grande professionista.

Lontano dal campo di gara si metteva in disparte dal resto del gruppo e, dal suo cellulare, telefonava spesso a casa. Il pensiero ovviamente era rivolto sempre a quella camera di terapia intensiva dell'ospedale di Taranto.

In una bolla emotiva pronta a scoppiare terminò la settimana di gare su pista.

La sera rientrò in camera d'albergo e non trovò più il suo telefono cellulare. Lo fece subito presente al suo compagno di camera ed era sconcertato da tutta questa situazione, mai in tanti anni in giro per il mondo gli era successo che il personale delle pulizie rubasse qualcosa dalla propria camera.

Il giorno seguente la delegazione azzurra fu invitata dal consolato italiano a passare la giornata di riposo. In quelle ore distante dalle piste i pensieri colmarono la mente di Gregory. Si isolò da tutti e cominciò a pregare, anche se fede e speranza erano ormai sempre più distanti dal suo essere. Stava sempre peggio. La sera riuscì a chiamare Mimmo dal telefono dell'albergo: "Tutto stabile fratello mio. Domani vola su quei pattini e fallo per papà".

Strinse i cricchetti delle scarpe e inspirò fissando un punto davanti a sè. Posizionò la ruota sulla linea di partenza e d'improvviso si levò il vento, era come lo stesse aspettando e lui era arrivato puntuale. Si mise in posizione e in quei decimi di secondo fu come se i due comunicassero tra loro. Questa volta il vento sembrava più pacato, leggiadro e, stranamente, a suo favore.

Corse i 200 metri non vedendo nulla e nel suo grido si liberò di tanta preoccupazione.

16"990, questo fu il tempo che il display segnò.

Il "figlio del vento" era riuscito a sconfiggere i mostri del destino e si era riconfermato l'uomo più veloce al mondo. Un pianto al sapore amaro inondò il suo volto, era riuscito nell'ennesima impresa, ora non vedeva l'ora di tornare da suo padre e attendere il suo risveglio.

La giornata si concluse e l'intera delegazione rientrò in albergo.

Posata la borsa sul letto, Gregory si rese conto che sul comodino c'era nuovamente il suo cellulare.

Nell'attimo esatto nel quale realizzò questa stranezza, il suo compagno uscì dalla camera lasciando spazio al commissario tecnico Martignon ed al suo allenatore Miconi. Tutto era chiaro, nessuna parola, solo sguardi, di quelli che spiegano nel migliore dei modi anche le peggiori cose. Scoppiò a piangere.

Suo padre era morto da pochi giorni ma, per ordine di Mimmo, non gli fu detto niente e gli fu sottratto il cellulare di nascosto per non chiamare in continuazione a casa. Del resto, lui era lì solo per vincere.

Il giorno seguente salì sul volo che lo avrebbe riportato in Italia, quindici ore di viaggio con l'anima a pezzi.

Atterrò e capì che era diventato uomo.

Addio a papà
Col vento ci baciamo
Grazie di tutto

XII
CUORE

Abituarsi a quell'improvviso silenzio sembrava fosse cosa impossibile.

Pina era donna forte e indipendente, ma la perdita del perno primario della famiglia fece cadere tutti gli equilibri nella vita di ogni componente.
Mimmo abbandonò definitivamente la città di Cosenza ed anche Gregory lasciò momentaneamente L'Aquila, per aiutare la madre ad affrontare il dolore.

Il 2003 terminò i suoi giorni, ma le vittorie conquistate in quell'anno possedevano tutte un sapore amaro, del resto, Gregory non poteva più avere accanto la sua figura di riferimento.
La tenacia, la forza di volontà, la voglia di dimostrare che umiltà ed arroganza potessero andare di pari passo, la capacità di rialzarsi ad ogni caduta, tutti valori che, solo grazie a suo padre, erano intrisi dentro lui.

Si smarrì nella sua Manduria e cominciava a vivere quel malessere, che solo la perdita di una parte di sé può provocare. La difficoltà più grossa fu quella che non riuscire ad ammettere a se stesso quanto stesse male. Era solito affrontare le proprie problematiche per poi superarle, ma questa volta non era possibile.

Cominciò un nuovo anno con la speranza di poter tornare a vivere senza tanto dolore. Decise di tornare a L'Aquila, mentre Mimmo rimase a Manduria.

Il dolore che, giorno dopo giorno, logorava il "figlio del vento" modificò il suo carattere solare e aperto a tutti. Si chiuse in sé stesso con il pensiero di quella grossa perdita, che non lo abbandonava nemmeno un istante. Si sentiva in colpa per non essere riuscito ad arrivare in tempo dal Venezuela al funerale e questo malessere lo portava a non focalizzare, per la prima volta in carriera, nessun obbiettivo sportivo.

Anche la storia con Liliana giunse al capolinea. Gli alti e bassi, che vivevano ormai da tempo, avevano indirizzato la coppia verso la parola fine e forse la causa definitiva fu proprio il malessere di Gregory.

Il ragazzo riusciva a vivere pochissimi momenti di lucidità e solo il pensiero del campionato del mondo riusciva ad essere focalizzato, a maggior ragione perché in quell'anno si sarebbe tenuto proprio in Abruzzo, tra L'Aquila e Sulmona. Il sogno di proseguire nella sua impresa ed entrare nella storia del pattinaggio erano ancora vive in lui. Non era ancora giunto il momento di attaccare i pattini al chiodo.

Il fisico però risentiva di tutto quel malessere interiore e il dolore veniva accumulato, come spesso accade, provocando fastidiose gastriti nervose. Data la sua situazione del momento gli furono prescritti degli ansiolitici. Il ragazzo seguì la cura per un giorno.

"Sono un atleta, devo lavorare su me stesso e ne uscirò senza medicine" – questo il suo unico pensiero. L'educazione sportiva aiuta anche in queste situazioni.

La voglia di continuare ad inseguire i propri sogni doveva sopravvivere. Non poteva finire tutto da un giorno all'altro e molto ancora quel ragazzo aveva da scrivere nella storia del pattinaggio. Suo padre avrebbe desiderato questo.

Cominciò così a provare ad allontanare il dolore e le amicizie universitarie lo aiutarono a riprendere in mano la situazione. Serate in discoteca o cene con gli amici, gli ridiedero in parte il sorriso che aveva perso.

I giorni dell'anno gli sfuggirono di mano.

La stagione agonistica iniziò rispecchiando tutto il suo contrasto emotivo. Mancava quella pulizia mentale di cui un atleta necessita.

I campionati italiani, per la prima volta dopo anni, non lo videro trionfare e così accadde anche ai campionati europei e, di conseguenza, fu messa in discussione la partecipazione ai campionati del mondo.

Spesso si ripresentava nella sua mente l'immagine di Pino che piangeva orgoglioso ai campionati europei di Padova. Solo con quella visione ritrovava la rotta. Anche se non era più con lui, sapeva che lo avrebbe reso ancora più orgoglioso. Quest'immagine lo aiutava a ritrovare quella determinazione che mancava ormai da troppo tempo e cominciò così a spingere sui pattini per provare a recuperare il tempo perduto.

Anche la fortuna sembrava remargli contro e durante la preparazione fisica, che stava lentamente riprendendo nel migliore dei modi, i problemi agli adduttori si presentavano con più frequenza.

Fortunatamente a L'Aquila il suo staff era sempre disponibile e preparato ad ogni evenienza. Il fratello del coach Miconi, Gian Felice, osteopata preparatissimo, lavorava settimanalmente sul riallineamento della colonna vertebrale, causa primaria del problema fisico e il dottor Marco de Angelis, nonché suo professore universitario, aiutava il campione con dolorose iniezioni di mesoterapia. Quest'ultimo lasciò molto della propria conoscenza a

Gregory, soprattutto sulla gestione fisica di atleti ad alto livello.

Con la mente offuscata da una dolorosa emotività, giunse la convocazione per il campionato del mondo. Il primo senza suo padre in vita.

Sulla pista aquilana le sensazioni non erano delle migliori, ma era consapevole che avrebbe lottato soprattutto in nome di suo padre.
Sulla linea di partenza nessun vento a fargli compagnia e quasi ne sentiva la mancanza. Mosse il primo passo e provò a sprigionare la sua solita potenza, ma nessun grido uscì dalla sua bocca. Terminò la prova a cronometro e cadde a terra. Il ragazzo non sentiva più la gamba da quanto forte fosse il dolore ed anche il cronometro non fu dalla sua parte.
Dopo anni di trionfi nella più ambita competizione al mondo, non riuscì a salire nemmeno sul podio.

La paura di non potersi riconfermare su strada cominciò a diventare ossessione.

In albergo, prima di andare a dormire, focalizzò nuovamente l'obbiettivo, sapeva che avrebbe avuto tre giorni di riposo prima di rimettere i pattini ai piedi e sfidare nuovamente il tempo.

Il giorno dopo prese appuntamento nello studio del professor De Angelis che, dopo un'accurata visita, gli somministrò un'iniezione di farmaci.

Le parole del professore non tranquillizzarono affatto Gregory: "Metti i pattini solo il giorno della gara e non fare falsa partenza perché quello sforzo non lo potrai ripetere una seconda volta".

Le prove su strada si sarebbero svolte nella città di Sulmona e, con il timore di riprovare lo stesso dolore e non poter difendere il titolo, Gregory si rinfilò i pattini ai piedi.

Il bianco della linea di partenza invase i suoi occhi e quella purezza sembrava donargli tranquillità. Nel primo passo scaricò tutti i sentimenti negativi accumulati, questa volta un grido violento riecheggiava nell'aria e, mentre le lacrime scendevano sul viso coperto dalla visiera del casco, portò a termine la sua prova.

Dolorante e confuso salì nuovamente sul gradino più alto del podio. Davanti a lui Pino piangeva orgoglioso, ma questa volta era solo lui a vederlo.

Gregory era tornato.

La fine di quell'anno portò al ragazzo anche un riavvicinamento sentimentale con Maria Laura, ma durò giusto qualche mese prima di scoprire che era meglio riprendere ognuno la propria via.

Il 2005 cominciò prepotente con nuovi cambiamenti in vista. L'Aquila fu abbandonata per la seconda volta e così anche l'università, ma poco importava perché le belle sensazioni erano tornate e la propria carriera sportiva sarebbe proseguita nella sua amata Manduria. Lasciò l'Abruzzo ma non la società sportiva né tanto meno il suo staff.

La vita in Salento possedeva altri ritmi e le giornate scorrevano lente.

La voce che Gregory era tornato in terra natia cominciò a girare e, nello stesso periodo, gli fu chiesto di candidarsi alle imminenti elezioni comunali. La proposta venne presa subito in considerazione dal manduriano e l'idea di avere voce in capitolo nelle decisioni comunali e di poter migliorare le strutture sportive e societarie nella sua terra, lo catapultarono in una campagna elettorale serrata e colma di passione.

Aiutato da amici e parenti riuscì a chiudere le votazioni con duecentosette voti a favore, quanto bastava per farlo entrare nel consiglio, diventando così uno tra i più giovani politici locali.

Quella nuova esperienza diede a Gregory ancor più la possibilità di dimostrare il suo valore come uomo e non solo come sportivo, intraprendendo moltissimi progetti nell'ambito dell'educazione allo sport.

Parallelamente alla vita politica, quella atletica sembrava essere tornata quella di sempre.

Riconquistò i titoli di campione italiano e proseguiva la preparazione per gli impegni internazionali. Riusciva a dare il meglio in tutto e nuovamente col sorriso e la passione di sempre. Gli obbiettivi erano tornati visibili davanti ai suoi occhi.

Pina, sempre orgogliosa dei suoi amati figli, decise che Pino sarebbe stato l'unico amore della sua vita.

Tra le tante opportunità che arrivavano dalla nuova carriera politica, Gregory fu convocato anche da una ex pattinatrice, Cinzia Frascella. La ragazza offrì al campione il posto d'allenatore presso la sua nuova società rotellistica di San Giorgio Jonico.

Gregory ancora non lo sapeva, ma questa richiesta avrebbe cambiato il corso della sua vita.

Cinzia, titolare di una scuola materna paritaria a San Giorgio Jonico, invitò il nuovo consigliere alla recita di fine anno scolastico. Il campione iridato si trovò immerso dalla gioia dei bambini a masticare il suo discorso al sapor di politica, ma proprio mentre le parole fuoriuscivano dalla sua bocca, un volto catturò il suo sguardo. Questa figura femminile sembrava danzasse tra tutti quei piccoli bambini e la sua bellezza e solarità non potevano essere trascurate dal campione.

Colpo di fulmine. Doveva certamente conoscerla, ma quel giorno non si presentò l'occasione.

Arrivò anche l'estate e il caldo cominciava a impadronirsi di tutto il Salento.

Cinzia e suo marito invitarono a pranzo il campione, dove avrebbero parlato dei dettagli da tenere in considerazione nella proposta offerta come allenatore. Davanti ad un piatto di cozze si aprì la porta di casa e, con lo stupore di Gregory, riapparve la stessa ragazza che aveva catturato il suo sguardo nel giorno della recita. Il ragazzo non capì quale collegamento parentale ci fosse tra i padroni di casa e questa misteriosa ragazza, ma cosa certa fu che il cuore cominciò a battere forte e i dubbi sull'accettare o meno la proposta d'allenatore, svanirono all'improvviso.

"Accetto e sarò il vostro nuovo allenatore" - così, dal nulla, chiuse quella trattativa, ma quando si voltò nuovamente verso di lei, era nuovamente scomparsa.

Marianna era il suo nome ed insegnava nella scuola di Cinzia, sua cognata. I capelli raccolti evidenziavano ancor più i lineamenti del suo viso nel quale vi era incastonato uno sguardo profondo che aveva fatto battere il cuore del ragazzo. Colma di vitalità ed interessi, insegnava infatti anche in palestra e il suo fisico prorompente mandò in tilt il nuovo allenatore.

Fu difficile dimenticare quell'incontro di pochi attimi ed il ragazzo cominciò a dover inventare mille scuse per poterla rivedere. Visite improvvise a scuola, o sotto casa durante le sedute d'allenamento in bici. Tutto era chiaro da entrambe le parti, ma si dovevano sistemare alcune situazioni per capire dove questo interessamento avrebbe potuto portare.

Marianna si trovava nel classico periodo del "*non voglio legami*" ma come spesso accade è proprio in questi momenti che nascono rapporti importanti.

In realtà erano anni che Cinzia raccontava a Marianna di Gregory e di quanto avrebbe voluto farglielo conoscere, ma mai si era presentata l'occasione. Immaginava quel ragazzo pieno di sé ed arrogante, almeno questa era l'idea che si era fissata nella sua mente.

Quando i due iniziarono a frequentarsi, dovette rimangiarsi ogni pensiero, ma la voglia di non legarsi a nessuno rallentò tutto. Gregory soffriva di questo, ma certamente non si sarebbe arreso.

Fu un corteggiamento d'altri tempi, un corteggiamento ricco di dettagli e conoscenza dell'altra persona. Capì, sin dal primo momento, che le emozioni che Marianna innescava erano intense e pure. Quel ragazzo si stava innamorando.

Fiori, visite inaspettate, ore al telefono, tutto questo per conquistare quella donna che aveva stravolto il suo cuore, ma fu un biglietto sul parabrezza dell'auto di Marianna a concretizzare la loro storia d'amore: "*Sono le emozioni generate da particolari sensazioni che donano il sorriso al primo mattino. Buona Giornata*"

Cominciò così uno dei periodi più belli della vita di entrambi.

Con il cuore che batteva nuovamente d'amore il "figlio del vento" conquistò i World Games e due nuovi titoli mondiali a cronometro che si tennero a fine dello stesso anno in Cina, ad uno di questi fu associato anche un nuovo record del mondo.

Un nuovo capitolo si era aperto e il sapore di mosto era tornato a farsi sentire. In realtà il mosto non era altro che il sapore dell'amore, quello vero.

Tocco il fondo
la mia disperazione
Ma poi rinasco

XIII
PROGETTI

La sua vita era perfetta.

Ancora una volta sul tetto del mondo ed una splendida donna accanto.

Viveva tutto in modo leggero, semplice. Forse per la prima volta riusciva a godersi ogni istante senza pressioni.

Marianna aveva decisamente portato una ventata d'aria fresca, pulita e colma d'amore, quello vero, quello che, se vissuto a pieno, stravolge la propria esistenza.

Quella storia le aveva fatto accantonare ogni sorta di dubbio e le proprie paure le stava giostrando nella corrente dei sentimenti.

Nella loro fiaba, colma di intense chiacchierate, si insinuava il senso di famiglia.

Gregory non era mai stato così felice.

La carriera politica proseguiva nel migliore dei modi e lo aiutava a capire quanto si potesse migliorare il tessuto delle società sportive di Manduria e, nonostante qualche acciacco fisico, gli allenamenti seguivano il programma alla perfezione.

Cominciò anche la sua carriera da allenatore.

Speedy Gonzales, si chiamava così la squadra di San Giorgio Jonico che allenava e poter condividere questa nuova esperienza con Marianna, rendeva quella sua parentesi di vita ancor più speciale. Lui si occupava della parte tecnica dei pattinatori, mentre lei della preparazione atletica, ma un altro grosso aiuto, destinato ai più piccoli, era dato da Massimo, fratello di Marianna, nonché presidente della società sportiva. Nonostante non avesse mai indossato un paio di pattini, quel ragazzo insegnava la tecnica del pattinaggio in maniera egregia, riuscendo a preparare i giovani all'agonismo.
Riuscirono in breve tempo a creare una buona squadra, ma alle nuove leve mancava l'esperienza delle grandi competizioni nazionali.

Le giornate erano sempre più intense, ma vivere quel momento felice riempiva di adrenalina la vita di quel ragazzo che tante ne aveva passate. Marianna si divideva tra mattinate ad insegnare e pomeriggi da allenatrice, mentre Gregory la mattina si allenava a

Manduria e, subito dopo pranzo, in pista a San Giorgio Jonico a seguire i ragazzi.

La sera sognavano il loro futuro insieme.

Una cena al volo a casa di Marianna e subito in macchina pronti a vivere la loro gioventù. Capitava spesso però che Marianna dopo cento metri si addormentasse in auto e così Gregory non faceva altro che fare il giro dell'isolato, salutarla con un bacio e lasciarla andare a letto. Quella stanchezza stava silenziosamente costruendo un rapporto saldo, vero e colmo d'amore, ma ancora non ne erano consapevoli.

Cominciò ad insinuarsi l'idea di vivere lontani dal Salento, del resto Gregory raccontava spesso di quanto si fosse trovato bene a L'Aquila e l'idea di trasferirsi nuovamente con Marianna non fu del tutto messa da parte.

La stagione agonistica quell'anno cominciò in sordina.

Gli adduttori provocavano sempre più danni al campione e l'idea di aver raggiunto l'apice della sua carriera cominciò a far capolino nella sua testa. La differenza sui tempi della cronometro, si stava affievolendo e la nuova generazione di atleti era pronta a spodestare la vecchia guardia.

Gregory decise così di selezionare le competizioni alle quali partecipare ed ovviamente l'obbiettivo rimaneva arrivare in piena forma al campionato del mondo per difendere il titolo. Modificò insieme al suo staff il programma d'allenamento, improntato esclusivamente a rendere nella disciplina dei 200 metri a cronometro su strada. Del resto le forze si sarebbero dovute gestire con maggior esperienza. Era molto critico nei suoi confronti, lo era sempre stato e si sa, questa caratteristica può essere un'arma a doppio taglio, soprattutto quando la posta in gioco diventa alta.

La partecipazione ai raduni con la nazionale ed il confronto con gli altri atleti di livello, evidenziarono i suoi presentimenti, fino a quando non arrivò la temuta conferma. Ai campionati italiani su pista che si tennero a Marghera, il "figlio del vento", dopo anni di supremazia, giunse decimo. Questo risultato avrebbe dovuto mandarlo al tappeto, ma in realtà non lo sconvolse più di tanto. Gregory capì invece che semplicemente stava dando più importanza alla propria vita personale che a quella sportiva ed il merito, perché di merito si trattava, era solo ed esclusivamente della donna che condivideva con lui gioie e dolori, Marianna.

La forza di una coppia si misura quando la vita affonda in situazioni negative.

Marianna era troppo sensibile e intelligente per non comprendere quanto fosse ancora importante la vita sportiva del suo ragazzo e così si trasformò in dietista, preparatrice atletica, ma soprattutto in psicologa innamorata.

In soli due mesi il "figlio del vento" ritrovò la sua forma, la solita di sempre, la stessa di quando si è consapevoli di entrare in pista solo per dover vincere e fu così, perché ai campionati italiani su strada a Jesi, indossò nuovamente la maglia tricolore nella sua specialità.

I campionati europei in quell'anno si sarebbero svolti in Italia, precisamente a Cassano D'Adda. Gregory era felicissimo perché, per la prima volta, Marianna avrebbe potuto seguire una gara internazionale.
La federazione prese una decisione mai attuata prima, decise di formare due nazionali, una avrebbe partecipato ai campionati europei su pista e l'altra su strada. Altra novità che introdusse fu quella di un'esclusiva sull'utilizzo di ruote da parte degli atleti. Gregory ovviamente fu scelto per gareggiare su strada.

Era giunto il suo turno.

Marianna, emozionata sugli spalti, capì solo in quell'istante quanto Gregory si potesse trasformare con i pattini ai piedi. Amava osservarlo nella sua concentrazione pre gara e nei rituali che lo portavano ad estraniarsi da tutto.
Si era innamorata del Gregory uomo ed ora anche del Gregory campione.
Terminò la sua qualificazione al secondo posto, ma le sue sensazioni non rispondevano alle aspettative. Si tolse i pattini dai piedi e si fermò a pensare cosa fosse andato storto. Comprese.
La sera in albergo si alzò da tavola e raggiunse uno dei consiglieri federali:
"Le possibilità sono due. La prima è che domani corro con le ruote che scelgo io e vinco il titolo continentale, la seconda è che domani prendo un treno e vado a casa senza gareggiare".
La convinzione delle sue parole fu vomitata addosso a tutto lo staff e, nelle camere d'albergo dei dirigenti federali, quella notte il sonno fece fatica ad arrivare.
Il "figlio del vento" non aveva nulla da perdere e che lui non amasse uscire di scena da perdente, ormai tutto il mondo lo sapeva.

Il giorno seguente entrò in pista, ovviamente con ai piedi un treno di ruote scelte da lui.

Una leggera brezza si presentò sulla linea di partenza, era piacevole, una sensazione rilassante.

Il campione svuotò la mente da tutti i pensieri e sprigionò, come sempre, la sua potenza sull'asfalto fino a fermare il cronometro sulla linea d'arrivo. Tutti gli atleti in gara terminarono la loro prova. Nessuno riuscì a fare un tempo più basso e il manduriano si confermò nuovamente campione europeo.

Questo precedente era stato creato e tutto il mondo del pattinaggio comprese che gli accordi con aziende di materiale tecnico, ruote, pattini o altro, si sarebbero dovuti sempre fare con la consulenza di atleti competenti e non solo a tavolino tra figure in giacca e cravatta.

Con la consapevolezza di aver lanciato un forte messaggio, il campione manduriano tornò insieme a Marianna in terra pugliese.

Il mirino puntava ora dritto verso i campionati del mondo in Korea del sud, ad Anyang.

In terra asiatica portò a casa, zittendo tutti, un terzo posto su pista e, per il nono anno consecutivo, il titolo di campione del mondo su strada, abbinato ad un nuovo record mondiale, 16"209.

Papà Pino seguiva tutto dall'alto dei cieli e se la rideva orgoglioso nel vedere suo figlio diventare sempre più un campione nello sport e nella vita di tutti i giorni.

Anche quell'anno terminò nel migliore dei modi e Gregory cominciava a fantasticare su una convivenza con Marianna a L'Aquila, ma un altro pensiero cominciò ad insinuarsi nella mente. Avrebbe gareggiato ancora un anno, l'ultimo, conquistando il titolo del mondo e poi avrebbe attaccato i pattini al chiodo entrando di diritto nella storia di quello sport per sempre.

Solo io e te
poi chiudere il cerchio
Solo amore

XIV
FUTURO

Nello stesso anno, alla fine dell'estate, i profumi della vendemmia si intrecciavano con sentori nuovi.

La vita di Gregory stava seguendo una rotta mai segnata prima e a guidarlo, solo l'amore per Marianna.

Chi ha provato il vero amore sa quanto questo si faccia strada senza badare a timori o a ripensamenti e spesso riesce a renderci invincibili.

Il ragazzo propose ufficialmente a Marianna di trasferirsi e lei non esitò un solo istante ad accettare la proposta. Molti tasselli avrebbero dovuto trovare la propria corretta collocazione, ma l'amore avrebbe certamente aiutato.

Marianna, ultima figlia a vivere ancora in casa con i propri genitori, aveva deciso di non iscriversi all'università, ma di sfruttare il suo diploma magistrale per vivere a pieno il suo sogno diventando insegnante. Lasciare il suo lavoro e di conseguenza i suoi bambini, non sarebbe stata cosa facile quindi, aiutata dalla sana follia a farle da guida, inviò diversi curricula in diverse scuole Abruzzesi.

Al principio di un'intensa storia d'amore il destino sembra essere scritto esattamente come vorremmo e solo dopo pochi giorni arrivò una telefonata. Era il preside di una scuola paritaria che chiamava dal capoluogo abruzzese che le richiedeva la presenza dal giorno seguente come insegnante. Tutto giunse all'improvviso, forse troppo e diverse cose dovevano essere sistemate prima di poter partire. Marianna riuscì a prendere tempo e comunicò che solo dalla settimana successiva avrebbe preso servizio nella scuola materna abruzzese. Del resto, non mancava altro che trovare casa e comunicare questo piccolissimo cambio di vita ai rispettivi genitori.

Era un pomeriggio di settembre, il caldo afoso salentino stava lentamente lasciando spazio ad un'aria più respirabile e in quell'anno colma di novità.

Nella cucina a casa dei genitori di Marianna mamma Lucia, donna sempre dedita alla famiglia, stava preparando un caffè mentre papà Angelo, seduto sul divano, aveva intuito che da lì a poco qualcosa sarebbe successo. Marianna fece cenno a Gregory che, determinato come sempre, diede il via al suo discorso: "Sapete quanto io e vostra figlia ci amiamo. Penso che ormai lo abbiate compreso che non è una storia da poco e che abbiamo intenzioni serie. Tra i tanti progetti vorremmo provare a convivere per costruire la nostra famiglia giorno dopo giorno. Vi prometto che mi prenderò cura di vostra figlia. Ci trasferiremo a L'Aquila dove io continuerò studi e, per l'ultimo anno, la mia carriera sportiva. Marianna invece lavorerà a scuola come insegnante".

Il silenzio al termine del discorso sembrò durare ore. In realtà i genitori si fidavano ciecamente di quel ragazzo e, nonostante stesse allontanando da casa la loro ultima figlia, acconsentirono a tutto questo con estremo orgoglio.

Il sole non era ancora sorto e la fiat Ulysse, colma di valigie, speranza e amore, si mise in moto per la prima volta in quella giornata, verso casa di Marianna a San Giorgio Jonico.

Dopo un intenso abbraccio con i suoi genitori, la ragazza salì in auto con le lacrime agli occhi. Stava per lasciare alle spalle gli affetti più cari, ma davanti a sé il suo futuro, una famiglia, dei figli.

Gregory le prese la mano e le giurò, in quel preciso istante, che si sarebbe preso cura di lei a qualunque costo e giurandole amore eterno le mise al dito un anello.

Nel miscuglio di emozioni di quell'istante la macchina si mise nuovamente in moto. La luce del sole che lentamente si stava levando illuminava le figure di alcuni contadini tra stretti filari di viti di primitivo, intenti a vendemmiare. Quell'immagine rievocò in Gregory tanti ricordi. Le sue radici, la forza dei suoi nonni e di suo padre, quel contatto con la terra che aveva dato il via a tutta la sua meravigliosa storia di uomo e di atleta ed ora, accanto a lui, quell'ultimo pezzo del puzzle mancante. Il vero amore.

I due non avrebbero viaggiato soli. Tiziano, pattinatore e allievo di Gregory nella Speedy Gonzales, si stava trasferendo in una casa a L'Aquila, perché anch'egli iscritto alla facoltà di scienze motorie, proprio nello stesso ateneo del suo allenatore.

Fu un viaggio ricco di emozioni dove i tre giovani ragazzi stavano andando incontro al loro futuro.

Pagliare di Sassa, così si chiamava il piccolo borgo poco fuori L'Aquila, dove Gregory e Marianna trovarono casa. Una piccola abitazione situata al limite del bosco. Due piccoli piani con vecchi infissi in legno, travi a vista, ammobiliata sì, ma con poco gusto, lentamente però riuscirono a creare il loro nido d'amore, anche grazie all'aiuto di Tiziano. I maschi pensavano a dipingere pareti e a costruire zanzariere, un pugliese potrebbe trasferirsi anche in un igloo in Groenlandia e sicuramente come priorità penserebbe proprio alle zanzariere. Marianna aveva iniziato a lavorare presso la scuola materna, ma nel tempo libero dava il suo contributo occupandosi del restauro dei mobili. Un vecchio forno era stato trasformato in camino ed in quell'angolo accogliente, molte le ore passate dai ragazzi. Il clima freddo, perché faceva molto freddo in quella casa, era una novità per Marianna e quel camino veniva consumato tra arrostite di carne e parole tra i due innamorati. Spesso la mattina la ragazza non riusciva nemmeno ad aprire la portiera della macchina. Le temperature notturne, spesso sotto lo zero, ghiacciavano la serratura e così immancabilmente Marianna rientrava in casa, scaldava la chiave al fornello e riscendeva in fretta e furia per riuscire a mettere in moto la sua amata Fiat seicento. Era sempre stata freddolosa, non aveva mai amato il freddo, ma quando si è innamorati alcuni dettagli del proprio essere, vengono messi da parte. I vicini di casa erano persone splendide ed anche con loro i due giovani riuscirono a creare un rapporto amichevole. Accadeva che tutte le mattine Marianna trovasse fuori dalla porta delle uova fresche. Incuriosita da chi potesse essere a donare quel gesto tanto gentile, un giorno si appostò per cogliere l'attimo. Era una donna. Con il suo grembiule e fazzoletto in testa, una di quelle donne che conoscono cosa sia la fatica e il vivere di sacrifici. Marianna la ringraziò di cuore e lei rispose con semplicità: "Siete bravi ragazzi, ve lo meritate".

Il perfetto equilibrio fu raggiunto subito dopo poche settimane. La serenità e la spensieratezza presente nella coppia stava alimentando l'inizio della loro vita familiare. Anche i dirimpettai dei due giovani erano gente per bene. Il loro cane "Mia" li accoglieva sempre con esuberanti feste, a volte anche troppo esuberanti.

Piccoli appuntamenti settimanali stavano entrando nella loro routine. Il sabato sera pizza e cinema e lunghissime chiacchierate a sognare in grande il loro futuro.

Capitava ovviamente che i genitori di Marianna, a bordo della loro fiat Panda sprint, facessero visita ai ragazzi ed ogni volta, con loro, anche mamma Pina.

Rientrare a casa e sentire nuovamente profumi d'infanzia era sempre cosa bella. Le madri nella loro permanenza preparavano tipici piatti salentini ai due ragazzi e la casa si impregnava di buono, di ricordi, risa e tanto amore.

Gregory ricominciò a seguire le lezioni in università e a prepararsi per la stagione sportiva successiva. Era ormai convinto che il 2007 sarebbe stato l'ultimo anno di carriera. Immaginava un'uscita di scena col botto e proprio con questo pensiero fisso la sua meticolosità si amplificò al limite della follia. Cercava la perfezione. Sapeva in cuor suo che ancora c'era margine di miglioramento nei tempi a cronometro.

Mentre fuori la neve scendeva lenta, Gregory comunicò ufficialmente a Marianna la sua decisione.

La ragazza mai aveva intralciato la sua carriera in alcun modo e, tanto meno, lo avrebbe fatto quella volta. Sapeva quanto fosse importante il pattinaggio per Gregory e sapeva quanto lo sport lo avesse formato come uomo.
"Vincerò l'ultimo mondiale della mia carriera e, con lo stesso impegno, dal giorno successivo, mi dedicherò a te e al nostro futuro".

Sempre più soli
Protetti dall'amore
invincibili

XV
LEZIONI DALL'ALTO

Un bersaglio da centrare, il solito di sempre, per l'ultima volta.

Ogni giorno, in ogni allenamento, il campione rivedeva se stesso nella piccola pista piana di Manduria, vedeva mamma Pina sulla 500 bianca e Mimmo con papà, tutti orgogliosi della sua vita.

Paragonava le sue performance alla tecnologia, quasi fossero sempre in fase di aggiornamento. Credeva che molto, sulla metodologia d'allenamento, fosse ancora da scoprire e da mettere in pratica e allora stravolse tutto ciò che di certo aveva avuto fino a quel momento. La follia di un perfezionista meticoloso, quale poteva essere lui, non aveva limiti. Analizzò tutto e giunse alla conclusione che la sua supremazia indiscussa in pista, non era dovuta ad un miglioramento personale sui tempi, era certamente il più forte di tutti, ma in una fase di stallo nella propria prestazione.

Conobbe Luca, un personal trainer compagno di università e socio di una palestra a L'Aquila e, con il suo aiuto, mise a punto un nuovissimo metodo di allenamento. La mattina in palestra con esercizi innovativi e nel pomeriggio in pista a valutare il gesto tecnico della pattinata, mentre il coach Miconi pensava sempre alla parte tecnica sui pattini.

Lo stupore nel sentire doloranti nuovi muscoli delle gambe era la conferma che tutto stava andando per il meglio. Quasi tutte le sere si addormentava subito dopo cena sul divano ed era Marianna a svegliarlo convincendolo ad andare a letto. Era davvero provato, ma a lui piaceva tutto questo. La vita di coppia andava a gonfie vele ed anche in questi piccoli gesti spesso si celava una perfetta complicità.

Gregory stava superando nuovi limiti e nuovi ostacoli e lo stava facendo nel suo ultimo anno di carriera. Doveva chiudere da campione indiscusso. La serietà e la dedizione di quel ragazzo stavano scrivendo altre meravigliose pagine di storia.

La stagione agonistica stava entrando nel vivo, arrivò l'estate e con essa il primo vero test che avrebbe dato una valutazione al lavoro svolto sino a quel momento, come sempre i campionati italiani su strada, che in quell'anno, il 2007, si svolsero a Latina.

Il riscontro non poteva essere dei migliori. Nuovamente campione d'Italia e nelle gambe dei tempi ottimi in vista delle prestazioni internazionali.

Erano gli anni degli scandali doping e, in diverse discipline, i controlli medici diventarono routine. L'esultanza per la vittoria fu interrotta da una convocazione nell'area medica per eseguire un test di controllo. Gregory, atleta pulito, nel corpo e nell'anima, si presentò davanti al dottore sportivo sottoponendosi al test.

Una rilassante passeggiata sul viale di Sulmona legava i due ragazzi stretti tra loro. Mentre giocavano, fantasticando sul loro futuro il telefono squillò:

"Ciao Mamma" -rispose il ragazzo

"Ciao Gregory. Il postino ha appena consegnato una lettera della commissione antidoping di Roma. L'ho aperta e c'è scritto che ti devi presentare al più presto per delle controanalisi in quanto il livello di testosterone riscontrato ai campionati italiani è oltre la soglia consentita"

Il ragazzo metabolizzava ogni sillaba in silenzio. Le gambe cominciarono a tremare e il sangue gli si gelò. Chiuse la telefonata, si aggrappò al braccio di

Marianna e fissandola negli occhi le disse: "Mi hanno fregato"

Nella sua mente subito si palesò la teoria del complotto contro di lui. Era fuori discussione l'idea che veramente risultasse positivo ad una sostanza dopante. Chiamò subito suo fratello Mimmo ed anche lui si associò all'idea della cospirazione organizzata. La seconda chiamata che effettuò fu al suo coach Miconi, anch'egli incredulo.

La meticolosità del campione, anche nella gestione fuori pista, era a dir poco maniacale. Solo tre persone potevano tenere la sua borraccia prima di ogni gara. La prima era lui stesso, la seconda il suo coach e l'ultima, quando presente, Marianna. Di nessuno di questi avrebbe mai dubitato. Si fidava ciecamente, ma tutto questo avvalorava la preoccupazione di essere stato incastrato in chissà quale sporco gioco.

Uno scandalo sarebbe nato nel mondo del pattinaggio da lì a poco.

Coach Miconi contattò subito un amico, un rinomato medico sportivo e la sua risposta tranquillizzò per metà tutto lo staff. Nell'ultimo mese moltissimi atleti, di diversi sport, erano risultati positivi al testosterone. In realtà tutto questo accadde perché la commissione aveva abbassato i valori di riferimento. Sarebbe bastato garantire e dimostrare che Gregory avesse biologicamente e quindi per sua natura, i livelli sopra quella soglia e tutto si sarebbe risolto.

Fortunatamente la professionalità del "figlio del vento" toccava anche i suoi controlli periodici. Era solito fare delle analisi del sangue ogni quattro mesi e così, grazie a queste, raccolse tutte quelle dell'ultimo anno e le inviò in un dossier alla stessa commissione antidoping a Roma, rimanendo comunque a disposizione per la contro analisi richiesta.

Dopo poche settimane, venne cancellata ogni accusa e l'incubo di una sospensione svanì rapidamente dalla mente del campione.

Non era stato facile sopportare quel fardello.

Si allenava sempre col pensiero fisso del complotto e certo la mente non si trovava nelle migliori condizioni.
Un grosso aiuto arrivò proprio da Marianna che continuava a supportare e sopportare il proprio amato.
In accordo con il suo staff e il commissario tecnico della nazionale Ippolito Sanfratello, decise di non partecipare ai campionati europei. Avrebbe dovuto convogliare tutte le sue forze al campionato iridato.
Continuava a sognare il gradino più alto del podio tutte le notti, un ultimo sforzo e poi avrebbe lasciato la scena.

La preparazione atletica, le buone sensazioni e una donna meravigliosa al suo fianco, stavano accompagnando Gregory verso la sua ultima grande sfida.

I campionati del mondo in quell'anno si sarebbero tenuti in Colombia, dove tutto era iniziato, dove il primo titolo iridato era arrivato, ormai undici anni prima e dove era stato battezzato "figlio del vento". La città che ospitava la manifestazione questa volta però era Cali.

Trovò una situazione molto più tranquilla. Nessun blindato, né tanto meno militari tra le strade, nessuna guerra civile in atto, una cosa era rimasta identica invece, la popolarità dei pattinatori. Autografi, foto e abbracci, davano quel tocco di spensieratezza aiutando a smorzare la solita tensione in vista del grande evento.

Gregory era arrivato carico come sempre nelle grandi competizioni, solo un paio di chili in sovrappeso, presi nel periodo del test antidoping, lo allontanavano dalla perfetta forma fisica.

Il tempo di ambientarsi ed adattarsi al jet lag e subito sul circuito per i test di routine. Il campione percepì da subito una pattinata insolita, nervosa e a tutto questo si aggiunsero un'infinità dubbi.

I rituali a fargli compagnia ed il campione si trovò sulla linea di partenza. Un professionista, soprattutto se ad alti livelli, percepisce tutto del proprio gesto atletico prima di guardare il tempo impresso sul display. Chiuse al terzo posto, ma l'obbiettivo rimaneva sempre la prova su strada. Era lì che avrebbe dovuto difendere il suo titolo mettendo la parola fine alla sua ricca carriera.

Il vento quel giorno sembrava essere irrequieto.
La duecento metri a cronometro stava prendendo il via con la prima prova. Sulla linea bianca tutta la sua concentrazione era disturbata dalla vista di quelle bandiere che danzavano nevrotiche. Il suo alleato di sempre, quel giorno, sembrava non volesse accompagnarlo verso la vittoria. Un vero campione però non si da mai per vinto e così Gregory mosse il primo passo e in pochi metri raggiunse la sua massima velocità, tagliò il traguardo e la prima prova si chiuse con lo stesso miglior tempo di un atleta appartenente alla nazionale belga. In questo caso il regolamento vuole che si confrontino i millesimi di secondo. Il tempo del "figlio del vento" era più alto di soli sette millesimi.
Provare a quantificare sette millesimi di secondo è cosa impossibile, un nulla, ma in questo caso di un valore immenso. Di tutto questo non si preoccupò più di tanto, anche se una volta in albergo controllò ogni

dettaglio. Cercò invano una motivazione. Controllò i pattini, cuscinetti, ruote, piastra, numero di gara, rilucidò il casco, si fece una doccia calda e subito dopo fredda, com'era solito fare e provò nuovamente a cercare la concentrazione in vista della seconda e definitiva prova.

Gli Europe sfondavano i suoi timpani con "*It's final countdown*" e, subito dopo, la sua alleata Dolores lo accompagnava sul circuito.
L'ultimo atto stava per andare in scena e l'insolito vento a soffiare ancora.
Fu il penultimo a partire in quanto secondo della prima prova. Decise di sfruttare una falsa partenza nella speranza che quelle maledette bandiere si fermassero, com'era successo tante altre volte. Venne richiamato dal giudice. Non poteva aspettare ancora e, nonostante il vento fosse sempre più presente, dovette partire per non essere squalificato. La solita potenza asfaltò il circuito e tagliò il traguardo con il miglior tempo.
Ora si doveva aspettare solo la prestazione del belga.
Gregory seguì tutti i duecento metri dell'avversario. Osservandolo, cominciò a perdere la speranza di compiere l'ennesima impresa. Tagliò il traguardo e, per la seconda volta nella stessa giornata, il display segnò lo stesso tempo di Gregory. I giudici si riunirono per controllare nuovamente i millesimi,

141

questa volta però per decretare chi tra i due sarebbe diventato campione del mondo. La tensione era altissima e tutti nell'attesa del risultato trattennero il respiro.

Dopo un paio di minuti il responso venne ufficializzato prima sul display e subito dopo dallo speaker. Scherzo del destino e ancora una volta per sette millesimi.

Il "figlio del vento" era stato scaraventato dalla vetta più alta del mondo e proprio al suo ultimo mondiale.

La delusione sovrastò il ragazzo.

Il manduriano tornò in Italia incredulo di ciò che era accaduto. Non era certo il finale che sognava da un anno a questa parte e non era il finale di carriera che sognava da sempre.

Marianna conosceva quel ragazzo ormai troppo bene e lo lasciò metabolizzare senza mai essere invadente.

Il silenzio risuonava tra le pareti e la tensione stava saturando il loro nido d'amore. La situazione era veramente pesante.

Il ragazzo passò intere giornate immerso nei suoi pensieri cercando di capire dove avesse sbagliato, ma nessuna risposta alleviava la sua anima sofferente, quando un giorno il suo volto si distese, tornò consapevole e comprese tutto.

Dall'alto un'altra lezione di vita era stata data. Aveva talmente idealizzato tutto, buttando via quell'ultima occasione. Non era ciò che gli era stato insegnato. I risultati non si potevano ottenere in quel modo. Era come se suo padre gli avesse fatto capire che non si poteva decidere di vincere ancor prima di gareggiare. Prima vinci e poi decidi di poterti ritirare.

Tutto era chiaro e la lezione era stata imparata a tal punto da prendere Marianna per mano e dirle: "Io non mi ritiro. Devo fare un'altra stagione". Marianna lo abbracciò e rispose: "Tranquillo, ero convinta di questo".

Non decidi tu
Insegnami la vita
Sei nel mio cuore

XVI
LA RESA DEI CONTI

La consapevolezza era tornata.

Nella sua carriera, ma in generale nella vita, quel ragazzo era stato abituato a combattere sempre e l'esperienza acquisita gli consegnava, puntualmente, una corretta analisi critica.

Era arrivato il momento di tornare a focalizzare l'obbiettivo e poco importava del passato.

Aveva compreso l'errore e non gli restò che riempirsi della sua smisurata umiltà, decidendo di rimettere i pattini ai piedi e, a testa bassa lottare, per se stesso, ma anche per tutte le persone che lo avevano portato ad essere chi era, un campione nella vita e nello sport. Del resto, uomini si nasce campioni si diventa.

Il ragazzo riunì il suo staff.

Passarono una settimana a rivedere tutto il programma d'allenamento dell'anno precedente. Lo analizzarono mese per mese, armati fino ai denti del loro perfezionismo e decretarono sentenza.

Un nuovo anno di preparazione era messo appunto. Da quel momento ognuno avrebbe dovuto seguire il proprio compito senza compiere errori.

Un pensiero fisso entrò nella mente del campione e il volto del belga era onnipresente. In allenamento sembrava fosse sempre davanti a lui, ma tutto questo non lo disturbava, anzi, era quello di cui aveva bisogno, era lo stimolo in più per non perdere mai di vista l'impresa da compiere.

L'età del campione però cominciava a farsi sentire. Ad ogni seduta di allenamento doveva stare attento senza mai perdere la concentrazione, i chili di troppo o qualche acciacco avrebbero bloccato il progetto e lui, tutto questo, non poteva certo permetterselo. La sua serenità era sempre dovuta a quella meravigliosa donna che ogni giorno gli stava accanto donando tutta se stessa. Gregory era consapevole di quanto tempo dedicasse allo sport tralasciando la vita privata, ma Marianna mai fece pesare questa assenza. Le gioie di uno erano le stesse dell'altra, così come i dolori.

La fatica a fine serata si faceva sentire maggiormente.

L'inverno stava lasciando spazio lentamente alla primavera e la stagione agonistica alle porte.

Con il coach Miconi decisero di partecipare ai campionati italiani indoor, in quell'anno a Lignano Sabbiadoro.

Il "figlio del vento" partecipò alla 300 metri sprint.

In questa disciplina non si corre contro il tempo, il primo che taglia il traguardo vince. La stazza di Gregory trovava serie difficoltà su quella tipologia di pista e la sua potenza esplosiva doveva essere tenuta a freno.

Un grido straziante zittì l'intero palazzetto.

Il campione si trovò a terra dolorante, mentre le lacrime cominciarono a scendere dal volto. Sdraiato a terra, inerme, osservava il soffitto mentre vedeva svanire, ancora una volta, il sogno di uscire di scena da campione del mondo.

Negli spogliatoi giunse a sincerarsi della situazione Danilo Sinigaglia, un atleta, ma anche fisioterapista della federazione. Le sue parole purtroppo furono lame taglienti: "C'è una contrattura, ma sicuramente anche una lesione. Appena rientri a L'Aquila vai a fare tutti gli accertamenti e stai a completo riposo"

Tutto remava contro.

Il destino si era imposto in quel modo su chi non meritava assolutamente tutto questo.

Gregory lasciò il palazzetto dello sport e si chiuse in un religioso silenzio nella sua camera d'albergo. Le lacrime di dolore vennero sostituite da quelle di disperazione. Nessun obbiettivo più in vista, solo immagini sfuocate da lacrime incessanti. Dopo qualche ora, prese coraggio e telefonò a Marianna ancora ignara dell'accaduto. Nessun saluto. Al "Pronto" della ragazza, solo una risposta diretta con un cupo tono di voce: "Ho chiuso la mia carriera" Marianna comprese subito lo stato d'animo, ma non si diede per vinta e con una leggerezza quasi disarmante rispose: "Torna a casa e sistemeremo tutto, te lo prometto e ricordati che ti amo".

Il responso dell'ecografia purtroppo confermò la diagnosi di Sinigaglia, ma la cosa più triste fu che quel ragazzo non voleva sentir parlare più di pattinaggio.

Era febbraio e avrebbe potuto rimettere i pattini ad aprile.

Gregory sapeva che perdere mesi di preparazione, per poi ricominciare da zero, era controproducente e che mai lo avrebbe portato a lottare per la conquista del titolo iridato.

Dentro quel periodo buio gli si aprì però un sottile spiraglio di luce.

Simone Lotto, un giovane pattinatore, anch'egli velocista, chiese al "figlio del vento" di fargli da coach. Gregory improntò subito un programma d'allenamento personalizzato per l'atleta e si buttò a capofitto, anche per non pensare ai suoi problemi, alla preparazione del giovane ragazzo. Vide in lui un potenziale ancora nascosto e da plasmare e l'impegno che stava mettendo in questa nuova avventura gli fece capire che un'ipotetica strada da allenatore poteva essere intrapresa in futuro.

Marianna ricominciò a intravedere sul volto di Gregory una speranza.

Sapeva che tutto sarebbe tornato al posto giusto. Le cure proseguivano giornalmente e i controlli di routine davano ottime risposte di recupero. Al contrario delle previsioni, solamente un mese dopo l'infortunio, il medico sportivo si pronunciò, dando il benestare per ricominciare gli allenamenti.

Il campione era confuso. Da un lato la voglia tornare sul tetto del mondo come uomo più veloce di sempre, dall'altro la paura di provare ancora quel dolore lancinante.

Per aiutarlo a sorpassare i suoi timori gli venne proposto di essere affiancato da un mental coach ma, sebbene riconoscesse l'utilità di questa figura, non prese in considerazione la cosa nemmeno per un secondo.

Anche in questo caso fu la vicinanza di Marianna a riportare tutto in equilibrio.

La primavera entrò dirompente nelle giornate del campione che, lentamente, stava ricominciando ad assaporare le sensazioni di un tempo, fino a quando il medico decretò sentenza: "Sei tornato quello di prima. Lesione ricucita alla perfezione e il limite ora sta solo nella tua testa. Se hai paura attacca i pattini al chiodo, altrimenti spingi pure tutta la tua potenza in pista senza timori"

Ovviamente la prima opzione venne subito cancellata dalla sua mente e tornò, con enorme piacere, la visione del belga.

Pista, palestra e ancora pista. Le giornate erano sempre più impegnative nelle vesti di atleta e ormai anche in quelle da allenatore, Simone infatti migliorava i suoi tempi giornalmente nella sua incredulità, ma non in quella di Gregory.

Dopo aver rinunciato ai campionati italiani su pista, il "figlio del vento" decise che era giunto il momento di testare la propria condizione fisica, partecipando a Piombino ai campionati italiani su strada.

Nelle vesti d'allenatore portò a casa la sua prima soddisfazione.

Simone conquistò il titolo italiano nella categoria Juniores, ma il tempo di festeggiare non ci fu proprio, perché toccava svestire i panni da coach e indossare nuovamente quelli da campione.

Sulla linea di partenza la paura si presentò nitida e violenta, ma durò un attimo. Sospirò e rabbioso sfidò lo stesso destino che gli remava contro ormai da troppo tempo.

Tornò a vincere e lo fece conquistando un campionato italiano, ma il valore di quell'impresa ridiede al ragazzo tanta speranza.

Dopo questo titolo rientrò di diritto nella rosa degli atleti della nazionale, ma dovette chiedere al commissario tecnico di poter saltare ancora una volta i campionati europei. Non poteva rischiare di perdere ciò che era riuscito a ricostruire. Simone invece a quel campionato europeo partecipò e lo fece in grande conquistando un argento e il titolo di vice campione europeo, riempiendo di soddisfazione il suo nuovo allenatore.

Mancava poco alla partenza per il campionato iridato che si sarebbe tenuto in Spagna.

Gregory decise di continuare la preparazione a L'Aquila e Marianna di non spendere la sue vacanze in Salento dalla sua famiglia per non lasciare solo il suo campione.

La ragazza, per la prima volta, scelse di seguirlo anche nel campionato del mondo accompagnata da Tiziano. Questa decisione caricò il morale di Gregory che sentiva di dover ricambiare con una vittoria tutto l'amore che quella donna gli aveva donato fino a quel momento.

La prova su pista non finì nel migliore dei modi. Troppi errori tecnici e tattici, ma la sua tranquillità interiore faceva sperare bene per la prova su strada.

Dal giorno successivo chiese di poter provare il percorso, voleva assaporare ogni metro, studiare traiettorie e mettere a punto la sua prestazione.

Finirono le gare su pista.

Un giorno di riposo e Gregory avrebbe partecipato, in ogni caso, alla sua ultima sfida contro il tempo.

Una richiesta insolita venne esternata al commissario tecnico, il ragazzo chiese infatti di poter passare il giorno di riposo con Marianna. Con una pacca sulla spalla, Sanfratello trasgredì al regolamento ferreo che si attuava solitamente nelle trasferte azzurre.

Le ore passarono spensierate e la tensione, grazie alla presenza di Marianna, si era alleggerita. Rigenerato Gregory rientrò la sera in albergo ed entrò nel suo mondo fatto dei soliti rituali.

Si addormentò senza pensieri.

La prima prova dei 200 metri a cronometro stava cominciando.

Il miglior tempo lo segnò un atleta venezuelano, seguito dall'incubo belga, poi un americano e solo al quarto posto l'azzurro.

Pochissimi decimi racchiudevano questi quattro atleti.

Gregory si sentiva bene ed era consapevole che la classifica si sarebbe potuta ribaltare.

I primi dodici atleti della prima prova accedevano di diritto alla finale, nella quale sarebbero partiti con un ordine di partenza contrario, dal dodicesimo classificato al primo.

Il "figlio del vento" fu chiamato alla partenza dallo speaker. Era giunto il momento tanto atteso.

Il vento quel giorno era assente, solo una ventata improvvisa al sapor di mosto venne percepita, quasi a volere ricordare casa e affetti. Si posizionò sulla linea di partenza, mentre sugli spalti Marianna tratteneva il respiro. Il piede si mosse e il cronometro contemporaneamente partì nel suo conteggio dei secondi.

Con un tempo pari a 16".772 si trovò in prima posizione, ma bisognava aspettare le prove degli ultimi tre atleti. Entrò nell'area apposita e, senza levarsi i pattini dai piedi, cominciò la sua estenuante attesa.

Venne chiamato l'atleta americano che senza alcuna esitazione partì. Il tempo segnato sul display fu più alto di quello di Gregory. Alla peggio avrebbe portato a casa un bronzo, ma questo pensiero non fu minimamente contemplato, era lì per vincere e nient'altro.

L'incubo che si presentava davanti ai suoi occhi da più di un anno, ora era presente in carne ed ossa sul circuito. Il belga cominciò la sua prova, l'adrenalina dell'azzurro era alle stelle e il suo sguardo non si staccò mai dal rivale. Spaccò la linea d'arrivo e tutti si voltarono verso il display. 16" 930 Secondo tempo dietro quello di Gregory. Lo sguardo si spostò automaticamente verso l'ultimo concorrente, l'atleta venezuelano che già si trovava in pista.

Si rilassò e fece una cosa mai fatta prima in situazioni di gara. Cominciò a pregare Pino di dargli una mano e di riportare il destino nella direzione giusta.

Furono i secondi più lunghi di sempre. Sembrava una scena vissuta al rallentatore, mentre il cuore invece batteva frenetico. Ultimo metro e il cronometro, per l'ultima volta in questa competizione, si fermò. 16"821

Il "figlio del vento" scoppiò in un pianto liberatorio gettandosi nel prato all'interno del circuito. Marianna, dagli spalti, gridò tutto l'amore che provava per quell'uomo e l'intera delegazione azzurra raggiunse il ragazzo ricoprendolo d'affetto.

Sul podio l'inno di Mameli risuonava e la quattordicesima maglia iridata della carriera stava per essere indossata. Quel ragazzo, ormai uomo, piangeva lacrime intrise di tutto quello che la vita possa offrire. Gioie, dolori, delusioni e sacrifici. Papà

Pino, da lassù, piangeva orgoglioso per quel figlio che aveva dovuto abbandonare troppo in fretta, ma che avrebbe seguito sempre.

L'ultimo paragrafo nella storia del pattinaggio mondiale era stato scritto e portava ancora la firma di un ragazzo umile, partito dal nulla, ma armato di tanta forza di volontà e passione.

Era una sera d'inverno e fuori nevicava.
Il freddo nel piccolo borgo aquilano cominciava a farsi sentire. Marianna chiamò Gregory per la cena, il ragazzo arrivò tenendo i pattini in mano, tolse un quadro appeso alla parete e al suo posto vi attaccò i suoi amati scarponcini che tante con lui ne avevano passate. Si diresse poi verso il tavolo, aprì una bottiglia di aranciata e levò l'anello di sicurezza dal tappo. Lo poggiò su di un vassoio d'argento e, tra risa e lacrime di gioia, si inginocchiò, le prese la mano e lo infilò al suo dito. Una sola frase uscì dalla sua bocca: "Mi vuoi sposare?"
Marianna sapeva bene chi fosse quell'uomo e, con le lacrime agli occhi, rispose subito di sì.

Il destino non si può plasmare e quelle due anime erano destinate a vivere insieme il loro amore per sempre.

Un nuovo libro stava per essere scritto, intitolato alla loro famiglia.

Nuovamente io
per sempre nella storia
Solo io e te

PALMARES INTERNAZIONALE

MONDIALI ASSOLUTI:
12 ORI
1998: Spagna 300 mt. crono strada
1999: Cile 300 mt. crono strada
2000: Colombia 300 mt. crono pista, 300 mt. crono strada
2001: Francia 300 mt. crono strada
2002: Belgio 300 mt. crono pista
2003: Venezuela 200 mt. crono strada
2004: Italia 200 mt. crono strada
2005: Cina 300 mt. crono pista, 200 mt. crono strada
2006: Korea 200 mt. crono strada
2008: Spagna 200 mt. crono strada
3 ARGENTI
2001: Francia 300 mt. crono pista
2003: Venezuela 300 mt. crono pista
2007: Colombia 200 mt. crono strada
3 BRONZI
1999: Cile 300 mt. crono pista
2006: Korea 300 mt. crono pista
2007: Colombia 300 mt. crono pista

MONDIALI JUNIORES:

2 ORI

1996: Colombia 300 mt. crono pista, 300 mt. crono strada.

1 BRONZO

1996: Colombia 500 mt. sprint strada

WORLD GAMES:

2 ORI

2001: Giappone 300 mt. crono pista

2005: Germania 300 mt. crono pista

1 BRONZO

2001: Giappone 500 mt. sprint pista

EUROPEI ASSOLUTI:

11 ORI

2000: 300 mt. crono pista, 300 mt. crono strada

2001: 300 mt. crono pista, 300 mt. crono strada, 500 mt. sprint

2002: 300 mt. crono pista, 300 mt. crono strada

2003: 300 mt. crono pista, 300 mt. crono strada

2005: 300 mt. crono pista

2006: 200 mt. crono strada

5 ARGENTI

1999: 300 mt. crono pista, 300 mt. crono strada

2004: 300 mt. crono pista

2008: 300 mt. crono pista, 200 mt. crono strada

1 BRONZO

2001: 500 mt. sprint pista

RECORD MONDIALI:

1999: 100 mt. crono strada – tempo 9"56 Padova

2000: 300 mt. crono strada – tempo 23"681 Barrancabermeja

2002: 300 mt. crono pista – tempo 24"720 Oostende

2006: 200 mt. crono strada – tempo 16"209 Aniang

Printed in Great Britain
by Amazon